3 1833 05135 3644

JAN 1 8 2007

Confía en mí
Helen Brooks

Bianca®

HARLEQUIN®

Editado por HARLEQUIN IBÉRICA, S.A.
Hermosilla, 21
28001 Madrid

I.S.B.N.: 84-671-4079-8
Depósito legal: B-34266-2006
Editor responsable: Luis Pugni
Composición: M.T. Color & Diseño, S.L.
C/. Colquide, 6 - portal 2-3º H, 28230 Las Rozas (Madrid)
Fotomecánica: PREIMPRESIÓN 2000
C/. Algorta, 33. 28019 Madrid
Impresión y encuadernación: LITOGRAFÍA ROSÉS, S.A.
C/. Energía, 11. 08850 Gavá (Barcelona)
Fecha impresion para Argentina: 5.3.07
Distribuidor exclusivo para España: LOGISTA
Distribuidor para México: CODIPLYRSA
Distribuidores para Argentina: interior, BERTRAN, S.A.C. Vélez
Sársfield, 1950. Cap. Fed./ Buenos Aires y Gran Buenos Aires,
VACCARO SÁNCHEZ y Cía, S.A.
Distribuidor para Chile: DISTRIBUIDORA ALFA, S.A.

Capítulo 1

STOY haciendo lo correcto? Y si es así, ¿por qué no me lo parece, por qué siento como si estuviera al borde de un precipicio?». Las preguntas se arremolinaban en su cabeza, lo habían estado haciendo durante las últimas veinticuatro horas, pero la fachada se mantenía intacta. Quien la mirara vería a Melody Taylor tranquila y serena como siempre, en absoluto el tipo de mujer dado a ataques de pánico.

«Le pediste que viniera porque es el mejor abogado que hay, y eso es lo que tu madre necesita en este momento. Las cuestiones personales no pintan nada aquí, así que contrólate». Su propia reprimenda hizo que apretara los labios en un gesto decidido mientras su mente trabajaba a toda velocidad. «Vas a demostrarle que te va estupendamente sin él, ¿está claro? Será fácil si te mantienes firme. Te enfrentas a situaciones difíciles cada día, así que puedes enfrentarte a Zeke Russell».

La reflexión se cortó en seco cuando la puerta del salón se abrió para dar paso a su madre; al ver la expresión que había en su tez pálida, Melody se apresuró a ir junto a ella.

—No pongas esa cara. Todo saldrá bien, te lo prometo —le dijo con voz suave, pero firme.

—No puedes estar segura de eso, Melody.

—Sí que lo estoy, y tú también debes creerlo. Con alguien como él, supone media batalla ganada.

—Oh, cielo, ¿qué haría yo sin ti? —exclamó Anna Taylor, depositando en la mejilla de su hija un beso fugaz.

La expresión de cariño reveló el alcance de su angustia; Melody siempre había sabido que su madre la quería, pero Anna lo expresaba físicamente en contadas ocasiones. Las dos mujeres se miraron por un momento, y Anna continuó:

—A mí tampoco me gusta que tengas que pedirle un favor a Zeke después de todo lo sucedido.

—No voy a pedirle un favor; le explicaremos la situación, y si cree que puede aceptar el caso, le pagaremos como haría cualquier otro cliente.

—Sabes lo que quiero decir.

Sí, Melody sabía a qué se refería, y si hubiera habido alguna otra salida, habría optado por ella. Pero no la había. Él no tenía rival como abogado, y ganaba casos que todo el mundo daba por perdidos; esos eran los hechos, por muy irritantes que fueran. Melody se encogió de hombros.

—Accedió a venir, así que al menos no tenemos que ir a su oficina —dijo. No añadió «y ver a Angela», pero era algo que estaba en la mente de ambas. Angela Brown era la sexy secretaria de Zeke, además de su amante... si su aventura aún continuaba. Melody borró de su mente a la otra mujer; ya tenía bastante en lo que concentrarse con la inminente llegada de Zeke.

El timbre de la puerta las dejó heladas por un segundo, pero Melody se recompuso.

—Ése debe de ser él —dijo con calma, como si el corazón no estuviera a punto de salírsele del pecho—, ¿por qué no vas a poner la cafetera mientras voy a abrirle la puerta?

Sus suaves y carnosos labios se tensaron ante otro imperioso timbrazo. Enérgico, decidido, arrogante... obviamente, Zeke no había cambiado en los seis meses que habían pasado desde que se habían visto por última vez. Una vez que su madre hubo huido hacia la cocina, Melody salió al vestíbulo, respiró hondo, plantó en su cara una amable sonrisa y abrió la puerta. Sus ojos se dilataron, pero confió en que el hombre de pie en el umbral no se hubiera percatado. Aunque había estado preparándose toda la mañana para aquel momento, verlo allí la dejó sin aliento.

—Hola, Melody —murmuró la profunda voz masculina. Sólo un deje casi imperceptible revelaba sus orígenes—. ¿Qué tal estás?

—Estoy bi... bien —tartamudeó, pero con tono firme le preguntó—: ¿y tú?

—Preguntándome a qué se debe tu misteriosa llamada —su cabeza se inclinó en un gesto característico en él cuando su aguda inteligencia intentaba encontrarle el sentido a algo—. Creo que Anna tiene algún tipo de problema, ¿verdad?

—Pasa —dijo ella con amabilidad mientras intentaba ignorar lo abrumadora que era su presencia.

Con sus casi dos metros, Zeke era más alto que la mayoría de los hombres, además de fornido. Sin embargo, ella sabía por experiencia que no había ni un gramo de grasa en su cuerpo: sus hombros y su pecho estaban revestidos de puro músculo. Su cara, de planos y ángulos definidos, era más atractiva que bien parecida, y la impresión general de implacable cinismo estaba grabada en cada uno de sus rasgos. Pero sus ojos... sus ojos siempre habían tenido el poder de hacer que le flaquearan las piernas. Eran de un curioso tono entre dorado y ámbar, con unas pestañas densas y negras como el carbón, a juego con su pelo de corte severo; aquellos ojos podían mantener cautiva a una persona sin esfuerzo aparente, hecho que él aprovechaba en el juzgado con efectos devastadores al enfrentarse a testigos contrarios.

Zeke entró en el vestíbulo y ella cerró la puerta y se volvió hacia él, dándole vueltas a la idea; pensó con ironía que, cuando su relación acabó, se había sentido como uno de aquellos pobres desgraciados. Había sido entonces cuando había entendido realmente por qué se le consideraba un abogado tan extraordinario a pesar de ser relativamente joven con sus treinta y cinco años.

Zeke esperó a que ella le precediera al salón; Melody tuvo cuidado de no rozarse con él al pasar, pero no pudo evitar que le llegara fugazmente el delicioso aroma de su loción para después del afeitado, y se le hizo un nudo en el estómago mientras su corazón palpitaba con fuerza.

«Tranquila, chica, tranquila», se advirtió calladamente mientras él la seguía hasta la espaciosa sala. «Es experto en leer la expresión de los demás para saber lo que piensan, no dejes entrever nada o te arrepentirás». Se volvió hacia él, su voz cortés y carente de emoción.

–Siéntate, Zeke. Mi madre traerá el café de un momento a otro.

Aún no había acabado de hablar cuando su madre apareció en el umbral con una pesada bandeja con el café; Melody hizo gesto de ir a ayudarla, pero él se adelantó y tomó la bandeja.

–Permíteme. Tienes buen aspecto, Anna –dijo con calma.

–Gracias, tú también –Anna había adoptado el papel de anfitriona, y mantenía escondida su angustia.

Zeke Russell colocó la bandeja en la mesita de haya antes de enderezarse y contemplar a las dos mujeres, que aún se parecían como dos gotas de agua. Sólo había que mirar a su madre para saber cómo sería Melody en veinte años; incluso a los cincuenta, Anna era bellísima, con su brillante y sedoso pelo rubio cortado por manos expertas y con una piel que sólo mostraba leves signos de envejecimiento alrededor de los ojos. Altas, delgadas y de constitución delicada, habrían podido pasar por hermanas, en vez de por madre e hija. Pero sus ojos eran distintos: mientras que los de Anna eran de un azul pálido y en ocasiones podían resultar fríos, sobre todo cuando se centraban en él, los de Melody tenían un tono gris ahumado con un trasfondo de pasión. Su cuerpo se tensó, pero su tono se mantuvo tranquilo cuando preguntó:

–¿En qué puedo ayudaros?

Su voz pareció hacer que reaccionaran; mientras ayudaba a sentarse a su madre, Melody dijo:

–Yo me ocupo del café, explícale tú lo que ha pasado.

Cuando se hizo evidente que Anna era incapaz de empezar a hablar, Melody miró directamente a Zeke, indicándole que se sentara en la silla enfrente de su madre.

–Se trata del negocio. ¿Te acuerdas de Julian Harper, el secretario de mi madre?

Zeke asintió. Claro que se acordaba del perrito faldero de Anna; el pequeño individuo de pelo grasiento era un indeseable, pero siempre que Zeke había intentado expresar su opinión sobre él, Melody había defendido al hombre a capa y espada.

–Julian es completamente leal a mi madre –había argumentado ella–. Es su mano derecha en el negocio, además de un buen amigo.

Zeke enarcó las cejas cuando Melody tuvo dificultades para continuar, y la alentó con calma.

–¿Julian?

–Ha estado amañando las cuentas –interrumpió Anna con voz acerada.

Él reconoció el tono, pues raramente se había dirigido a él de otro modo. Se volvió hacia ella, pero Anna se negaba a mirarlo a los ojos.

–Entre otras actividades comerciales dudosas –siguió ella con aspereza–. Falsos pedidos, notificaciones alteradas, materiales de calidad inferior... –respiró hondo–, y ha sido muy listo, haciendo que parezca que yo también estoy involucrada.

–¿Cómo? –Zeke se enderezó en su silla–. ¿Falsificando tu firma?

–No, yo... al parecer, sí que he firmado cosas indebidas. Él me traía un montón de documentos, y si estaba ocupada... –su voz se fue apagando, pero añadió–: yo los firmaba sin más.

Zeke la miró, atónito. Consideraba a Anna Taylor una

de las mujeres más duras que había conocido, una hermosa reina de hielo con un corazón gélido. Sentía un profundo desagrado hacia ella, y sabía que el sentimiento era mutuo. Si le hubieran dicho que la madre de Melody firmaría alguna vez un papel sin leerlo antes, se habría tronchado de risa. Ella le dirigió una rápida mirada, y Zeke se dio cuenta de que la mujer sabía lo que estaba pensando.

Melody rompió el contacto cuando le ofreció una taza de café, solo y bien cargado, como a él le gustaba; naturalmente, ¿quién sino su antigua prometida podía conocer sus gustos? Sus manos se tocaron por un segundo antes de que ella retirara las suyas con un movimiento tan brusco, que el café estuvo a punto de ir a parar a sus pantalones, y Zeke sintió una punzada de perversa satisfacción. ¿Así que no estaba tan tranquila como quería hacerle creer? Tras estirar sus largas piernas y tomar un sorbo de café, miró de nuevo a Anna y dijo indolente:

–¿Deduzco que el asunto se ha hecho público?

La mujer asintió.

–Uno de mis principales clientes afirma que unos materiales defectuosos que le suministramos le han costado cientos de miles –dijo sin andarse por las ramas–. Y no lo dudo, ya que era un pedido especial para una nueva línea de muebles de salón que estaban promocionando. En cuestión de meses, el material empezó a deteriorarse; tuvieron que retirar todos los muebles, claro, pero su reputación se vio dañada. Cuando el asunto salió a la luz, les ofrecí una compensación económica, pero quieren un chivo expiatorio y van a llevarme a juicio.

Zeke asintió, sintiendo cierta satisfacción al verla en aquella situación. De no ser por las intromisiones de la madre de Melody, a esas alturas su hija y él estarían casados; Anna había tramado toda clase de ardides para separarlos desde el primer día. Pero su cruzada contra él no habría tenido éxito si Melody no se lo hubiera permitido. El gesto de su boca se endureció.

–La cosa no pinta demasiado bien para ti, ¿verdad, Anna? –murmuró con suavidad.

–¡Ya lo sé! –espetó ella.

Zeke vio que Melody le lanzaba a su madre una mirada angustiada que decía con claridad, «no pierdas los estribos, sé amable. Recuerda lo que hay en juego». ¿Y qué estaba en juego? El querido negocio textil de Anna, la empresa que había creado doce meses después de que el padre de Melody las abandonara cuando su hija tenía sólo tres años. ¡En su opinión, el hombre merecía una medalla por aguantar tanto tiempo!

–Zeke, todo esto es tan injusto... mamá podría perderlo todo sólo porque confió en Julian. Tú crees en su inocencia, ¿verdad? –preguntó Melody con voz atropellada.

Él dejó que sus ojos se posaran en el rostro de su antigua prometida; estaba sonrojado, y sus ojos, oscurecidos por la emoción, mostraban un gran desasosiego. Estaba tan bella que se le removieron las entrañas. Esperó un segundo antes de responder, lo justo para que su respuesta dejara entrever cierta falta de sinceridad.

–Por supuesto.

–Sabía que esto era un error.

El tono de Anna fue brusco, pero cuando hizo ademán de levantarse, Melody la detuvo con una sequedad que Zeke jamás había oído en ella.

–Siéntate, mamá, y no seas tonta. Necesitas a Zeke mucho más que él a ti.

Él se sintió sorprendido por segunda vez en otros tantos minutos. Durante los seis meses en que habían estado juntos antes de que ella rompiera su compromiso y diera por finalizada la relación, nunca había visto que Melody le levantara la voz a Anna; de hecho, él se había preguntado a menudo cómo había resistido la presión de su madre para que se uniera al negocio familiar. Aquélla había sido la única vez en que Melody no había cedido ante ella; había seguido su propio camino estudiando logopedia, y Zeke la había conocido cuando ella trabajaba para un cliente con sordera parcial al que él defendía.

Melody fijó la mirada en el rostro de Zeke, consciente de que aquella fachada impasible ocultaba una mente que trabajaba a toda velocidad. Respiró hondo y trató de aparentar calma.

—Como te he dicho, mi madre podría perderlo todo si las cosas salen mal. Al margen de que creas o no en su inocencia, ¿aceptarás llevar su defensa?

Él la miró sin responder durante unos segundos, y, cuando habló, su voz fue igual de tranquila.

—No defiendo a nadie al que crea culpable, al menos si no existen circunstancias atenuantes.

Melody tragó para deshacer el nudo que se le había formado en la garganta, confiando en que su madre no volviera a interrumpir.

—¿Eso es un sí o un no?

Zeke respondió volviéndose hacia Anna y mirándola directamente.

—¿Quieres que te defienda? —preguntó con serenidad—. Está claro lo que quiere Melody, pero ¿cuál es tu opinión? ¿Deseas realmente que yo sea tu abogado?

—Sí —dijo Anna tras un prolongado silencio.

—¿Por qué?

—Porque coincido con Melody en que eres el mejor en tu profesión. Soy inocente, y si alguien puede sacar la verdad a la luz, ése eres tú.

Se hizo un silencio aún más tenso. Zeke se movió ligeramente en su silla.

—¿Eres consciente de que me has dado la única respuesta capaz de convencerme de que acepte el caso? —preguntó con sequedad.

—Por supuesto —respondió Anna en el mismo tono.

Media hora después, Melody acompañaba a Zeke hasta su coche, un flamante deportivo rojo aparcado en la pequeña plaza de hormigón que hacía las veces de jardín delantero de su madre. Su maletín rebosaba con los documentos que Anna le había entregado, y habían acordado que al día siguiente enviarían a su oficina de Kensington otros papeles que Zeke había pedido.

El día de mayo era cálido y tranquilo; las flores se mecían suavemente en los árboles, y una pequeña bandada de gorriones trinaba en las ramas. Melody permaneció en el escalón de entrada del adosado que su madre tenía en Beckenham, en el área metropolitana del Gran Londres, mientras Zeke caminaba hacia el coche; el sol realzaba el toque de gris en su pelo negro, lo que no hizo sino acrecentar su atractivo cuando se volvió hacia ella.

–Asegúrate de que tu madre comprende que no quiero que hable de esto con nadie a partir de ahora –dijo con calma–. Si Julian sale de su madriguera, que no le diga nada. ¿De acuerdo?

Melody asintió. El día que se había descubierto su juego, Julian se había declarado mal de los nervios, y a la mañana siguiente había llegado una carta médica según la cual el paciente sufría algún tipo de crisis nerviosa debida al agotamiento. Anna no había vuelto a verlo desde entonces.

–¿Crees que puedes ganar el caso? –preguntó Melody sin andarse con rodeos; su tono controlado no ocultaba del todo su ansiedad.

Zeke la miró por un momento, y entonces se volvió hacia ella. Melody se humedeció los labios con gesto nervioso. Aunque estaba en el escalón y Zeke en la calle, parecía cernirse sobre ella.

–Siempre gano –dijo con suavidad. Tras una pausa, añadió–: excepto contigo.

El corazón de Melody latió con fuerza. Sabía que antes o después Zeke sacaría el tema.

–Eso es agua pasada –dijo, intentando parecer tranquila.

–Ni hablar.

–Esto no se trata de nosotros.

–Estás equivocada –los hermosos ojos ámbar capturaron los de ella–, muy equivocada.

–Zeke, han pasado seis meses. He seguido adelante, igual que tú –Melody oyó el temblor de su propia voz, y podría haberse dado contra la pared. Cuando uno trataba con alguien como Zeke Russell, la debilidad no era una opción.

–Estoy de acuerdo... hasta cierto punto. Pero aún existen asuntos pendientes entre nosotros; ¿quizás por eso aún no sales con nadie?

–¿Cómo sabes eso? –preguntó acaloradamente.

Él se limitó a observarla con aquella mirada leonada que recordaba a la de los grandes felinos. Algo en su silencio hizo que ella retrocediera contra la pared cuando se dio cuenta de la verdad.

–Me has estado espiando –dijo, a medio camino entre atónita y furiosa–. ¿Verdad que sí?

Él no se molestó en negarlo.

–Yo no lo llamaría espiar –dijo con indolencia–. Sólo quería asegurarme de que no hacías ninguna tontería tras la ruptura.

–¿Y a ti qué más te da? –tuvo una idea súbita–, a menos que pensaras que eso dañaría tu imagen; una mujer tiene que tardar en olvidar a Zeke Russell, ¿de eso se trata?

–Exactamente –él tuvo la audacia de sonreír.

Melody contó hasta diez. Debía recordar que su madre necesitaba que él la defendiera.

–¿Y cómo está Angela? –preguntó con dulzura–. ¿Supongo que aún es tu secretaria?

–Supones bien –contestó, y la miró directamente a los ojos con expresión inescrutable–; es muy buena en lo que hace.

–No lo dudo –contestó ella con sarcasmo.

–Pero sus servicios se han limitado, ahora y siempre, a su profesión de secretaria, y si tuvieras dos dedos de frente verías que es así –su expresión se había vuelto fría, sin rastro de diversión–. Cualquier otra cosa existe sólo en la febril y retorcida mente de tu madre.

–¿Cómo te atreves a decir algo así? –siseó ella–. Ya tiene que aguantar bastante en este momento como para escuchar que su abogado la tilda de mentirosa.

–Me sorprende que te vaya tan bien en tu trabajo, si oyes tan mal –contestó él con calma–. No he dicho que sea una mentirosa, sino que tiene una mente retorcida en lo que a mí respecta y, créeme, podría decir algo mucho peor. Desde nuestra primera cita buscó un arma para utilizar contra mí, y lo sabes tan bien como yo. Cuando le llegó un chisme jugoso, un chisme sin ningún fundamento basado sólo en que Angela es una mujer muy hermosa, se aferró a él encantada.

Su comentario de que Angela era una mujer hermosa le sentó como una patada en el estómago; jamás había sentido tal deseo de golpear a alguien. ¡Zeke era capaz de plantarse allí y defender a aquella mujer despreciable sin parpadear, haciéndola quedar como una santa!

–Tenías cientos de candidatas para el puesto de secretaria cuando la señora Banks se jubiló –dijo tensa, luchando por que su voz no delatara su dolor–. ¿Por qué elegiste a Angela Brown?

–Porque era la mejor –contestó. Su tono indicaba que creía a Melody un poco corta.

–No me dijiste en su momento que la señora Banks se había ido y que Angela había ocupado el puesto –dijo inexpresiva.

–¿Para qué hablar de negocios cuando existen un millón de temas mucho más interesantes?

¡Tenía respuesta para todo! Melody evitó a duras penas que sus dientes rechinaran.

–La llevaste contigo a París.

–Mi secretaria me acompañó en un viaje de negocios al extranjero; hay una ligera diferencia. Pero todo esto ya lo habíamos hablado.

Su voz había adoptado el tono impaciente que Melody recordaba de antaño.

—Esperaba que a estas alturas hubieras entrado en razón —terminó él.

¡Hacía que sonara como si él hubiera ido tras ella! Lo miró con furia, completamente indignada; había sido ella quien se había puesto en contacto con él por el juicio contra su madre. No había vuelto a saber de él desde el día en que le había devuelto el anillo; ni una llamada, ni siquiera una postal navideña. Hasta aquel mismo momento Melody no había admitido lo mucho que le había dolido la completa salida de Zeke de su vida, pero él la había ignorado por completo. Sin embargo... dudó un instante. ¿Por qué la había estado controlando todo el tiempo? Porque él podía juguetear tan feliz con Angela, pero su prometida no podía hacer lo propio, se dijo con amargura. Además, su última pelea no había sido sólo por su secretaria.

—En fin, ¿cómo te va en tu nuevo trabajo? —dijo él como si le hubiera leído el pensamiento.

—No tan nuevo; ya llevo seis meses —levantó la barbilla en un gesto desafiante—. Estoy encantada.

Y era cierto: amaba su trabajo. La agotadora y absorbente tarea de tratar con pacientes que padecían trastornos del habla debido a embolias o a accidentes era fascinante y gratificante, pero tras un par de semanas se había dado cuenta de hasta qué punto tendría que comprometerse y de lo mucho que el trabajo afectaría a su vida. La teoría que había estudiado, con asignaturas como psicología, neurología o patología del habla, no la había preparado para el grado de implicación que tenía en el bienestar de sus pacientes; si alguien necesitaba más tiempo, se lo dedicaba con gusto. Por no hablar de todo el papeleo con el que tenía que lidiar; debía mantener registros detallados y actualizados para trabajar de forma eficiente con los trabajadores sociales, los médicos y los psicólogos del hospital y centro de salud donde estaba asignada.

Cuando había surgido el puesto, Zeke y ella acababan de comprometerse y estaban empezando a planear la boda, y los problemas no habían tardado en aparecer.

–No te veo tanto como querría –había dicho él con calma cuando Melody, entusiasmada, lo había puesto al tanto de la gran oportunidad–. Por naturaleza das siempre el cien por cien, y es algo que me encanta de ti, no me malinterpretes, pero si aceptas el puesto te veré aún menos.

–Eso no lo sabes –había respondido ella, desilusionada.

–Se ve venir, Melody. Ya han admitido que van cortos de personal, y que quizás tengas que trabajar bastantes horas, ¿no ves que es una advertencia? Piénsalo con calma; ya realizas un valioso trabajo, ¿no es suficiente de momento, al menos durante un tiempo hasta que estemos casados y asentados en nuestra nueva vida juntos?

Había sonado razonable, y Melody había estado a punto de ceder, pero tras uno o dos días había empezado a dudar si era prudente rechazar una oportunidad tan buena para su carrera. Su madre le había contado cómo había dejado su trabajo para casarse con su padre, y lo mucho que se había arrepentido de ello cuando él se había ido un par de años después. Zeke podía hacerle lo mismo a Melody, si no se andaba con cuidado.

–Naturalmente, había otra mujer involucrada –había dicho su madre con rencor–. Siempre hay otra mujer. Lo que pasa es que los hombres no son monógamos, ninguno lo es, pero si saben que eres una mujer de éxito e independiente van con pies de plomo.

–Zeke no quiere que deje de trabajar, sólo que no acepte este puesto –había protestado Melody.

–Es lo mismo –su madre había meneado la cabeza–, no dejes que crea que te tiene en sus manos; es la sentencia de muerte en cualquier relación, sobre todo con un hombre como Zeke. Tu padre también era de altos vuelos –había agregado en tono grave.

Era lo que Melody había estado oyendo en mayor o menor medida durante toda su vida, pero aquella vez las palabras de su madre la habían impactado con fuerza, quizás porque nunca antes había conocido a nadie que le importara tanto como Zeke.

Lo miró entonces cuando él dijo:

–Me alegro de que seas feliz, Melody.

¿Feliz? Nunca volvería a ser feliz, pero no podía decírselo. Cuando lo echó de su vida había renunciado a toda felicidad, toda alegría, toda esperanza, y a cien sentimientos más.

–Sí, lo soy, soy muy feliz –dijo, ofreciéndole una sonrisa radiante.

Él alargó una mano y trazó con sus largos dedos las sombras bajo los ojos de Melody; ella tuvo que obligarse a no retroceder ante la tierna caricia.

–Pareces cansada –dijo él con suavidad.

¿Cansada? ¿Acaso era otra forma de decir que estaba ojerosa y demacrada?

–El asunto de Julian me tiene muy preocupada –dijo con rigidez–. Sabes perfectamente que la empresa es para mamá como la niña de sus ojos; su pérdida la destrozaría.

No mencionó las largas noches sin dormir, en que imágenes de Zeke y Angela juntos atormentaban su mente. Al principio no pudo creerlo cuando su madre admitió que había contratado a un detective para que investigara a Zeke, ni siquiera cuando se tomaron fotografías de Angela y él. En ellas aparecían cenando y entrando en un taxi juntos, momento en que la secretaria mostraba una porción desmesurada de pierna. Se había enfurecido con su madre, con Zeke, consigo misma por ser tan tonta y tan crédula; y cuando él le había explicado lo del viaje de negocios a París, Melody no se había creído que se tratara sólo de trabajo. Aún no se lo creía. Quizás la voluptuosa morena fuera buena en su trabajo, pero el gesto coqueto de su cabeza y la forma en que miraba a Zeke lo decían todo. Con voz acerada y gesto altivo dijo:

—Gracias por venir, Zeke, y por aceptar el caso. No quiero entretenerte más.

—Cada día te pareces más a tu madre.

No era un cumplido, sino un comentario hiriente que cumplió su objetivo. «No reacciones. No le des la satisfacción de saber que te importa su opinión de ti». Consiguió esbozar otra sonrisa.

—Gracias —dijo con cuidado—. Es una mujer increíble, ¿verdad?

—Increíble.

—Adiós, Zeke —contestó ella, ignorando su tono seco.

Cuando Melody empezaba a volverse, él la sorprendió sujetándola por el brazo.

—¿No quieres saber mis condiciones para que acepte defender a tu madre? —dijo con calma.

—¿Condiciones? —sus ojos se agrandaron con alarma—. No has mencionado ninguna condición al hablar con ella en la casa.

—Dudaba que tú lo quisieras; además, son sólo para tus oídos. Como tú misma has dicho, ella ya tiene bastante en qué pensar; saber que vas a cenar conmigo sólo la preocuparía más, teniendo en cuenta que cree que soy una mezcla entre el Marqués de Sade y Don Juán.

Lo miró con atención, buscando una confirmación visual de que estaba bromeando; no podía estar sugiriendo en serio que quería que cenara con él, ¿verdad? No después de lo sucedido; ni siquiera Zeke Russell podía ser tan arrogante.

—Hablo en serio, Melody —como siempre, parecía leer su mente—. Quiero cenar contigo hoy.

—Ni hablar —contestó ella cuando hubo recuperado la voz.

—Qué pena —los ojos ámbar se entornaron—, pero puedo sugerir otro abogado para tu madre.

—No hablas en serio. No serías capaz de chantajearme

para que cenara contigo –estudió los fuertes planos de su mandíbula, los pómulos firmes y el mentón decidido.

–Chantaje es una palabra inaceptable; prefiero considerarlo como hacer que entres en razón –dijo con una sonrisa sin humor.

–Estás loco –Melody no podía creer que estuviera manteniendo aquella conversación.

–Por qué, ¿porque quiero exponer mis argumentos? No se me permitió hacerlo hace seis meses, quizás es lo que hace falta para que ambos superemos lo sucedido.

–Yo ya lo he superado; me va muy bien –sabía que su temblor era apreciable, pero no podía controlarlo. Aquél era el Zeke más peligroso, con voz tranquila y controlada y rostro impasible.

–Me alegro.

–No quiero cenar contigo, Zeke, ¿no puedes entenderlo? Eres el último hombre sobre la faz de la tierra con el que quiero salir –no sabía a quién estaba intentando engañar, si a él o a sí misma.

Melody se sintió alentada al ver la reacción que relampagueó en los ojos de Zeke antes de que él pudiera ocultar su ira; «¿cómo se atreve a pensar que puede entrar de nuevo en mi vida y darme órdenes?», se preguntó, pasando por alto que había sido ella quien lo había llamado.

No esperaba que él la tomara en sus brazos, y fue tal la sorpresa, que por un instante permaneció tierna y dócil contra su pecho; cuando empezó a resistirse, los labios de Zeke tomaron los suyos de la misma manera posesiva de antaño. Su boca era cálida y firme, y la abrazaba de tal forma que podía sentir lo que su cuerpo femenino provocaba en él; aun así, los brazos de él se tensaron, y no parecía estar afectado por su propia excitación.

Su fuerza musculosa, el limpio aroma de su loción y el calor de su cuerpo resultaban dolorosamente familiares y embriagadores. ¿Cuántas veces había soñado con sus besos y sus caricias en los últimos meses, y había despertado en la soledad de su cama con lágrimas rodando por sus mejillas? No debía responder a sus caricias, pero su cuerpo no obedecía los mandatos de su cabeza; como siempre, un roce había bastado para desatar la pasión entre ellos.

Para cuando Zeke levantó la cabeza, Melody sentía que le bullía la sangre y la cabeza le daba vueltas, pero gracias a una fuerza interior que desconocía poseer resistió la tentación de devolverle el beso. Sin embargo, la satisfacción en los ojos leonados dejaba claro que él sabía el efecto que causaba en ella. Melody levantó la barbilla en gesto orgulloso.

–Hay una manera de definir a hombres como tú –dijo con voz cáustica y mejillas encendidas.

–Lo sé –contempló su rostro con una mirada calculadora–, es «aprovechado». En fin, tenemos cena a las ocho; pasaré a buscarte a eso de las siete y media. Estate lista, no me gusta que me hagan esperar.

–No puedes decirme lo que tengo que hacer.

Él sonrió con frialdad.

–De hecho, sí que puedo... si quieres que ayude a tu madre, claro. Personalmente, creo que a Anna le vendría bien perder, para que se enfrentara al hecho de que es humana como todos nosotros. Ha estado demasiado tiempo encerrada en esa torre de marfil que es su empresa.

Melody logró controlar su genio con gran dificultad. Lo odiaba, ¡cuánto lo odiaba! ¿Cómo había podido creer que lo amaba? Aún intentaba encontrar una respuesta cortante cuando Zeke se volvió y fue hacia su coche; por encima del hombro, exclamó:

–A las siete y media, Melody. Y ponte algo elegante, vamos a ir a un sitio especial.

–Eres... eres despreciable...

Seguía buscando los adjetivos apropiados cuando él se alejó con el coche. Sonriendo.

Capítulo 2

MELODY tuvo que quedarse quieta unos segundos antes de recuperar la compostura para girarse y cerrar la puerta; escondiendo las manos temblorosas en los bolsillos de su falda vaquera, se dirigió hacia el salón, donde su madre la esperaba.

–¿Se ha ido? –preguntó Anna innecesariamente.

Melody asintió.

–No ha ido demasiado mal, ¿verdad? Ha sido más razonable de lo que esperaba, teniendo en cuenta las circunstancias.

Su hija volvió a asentir.

–Has tardado mucho en despedirlo. ¿De qué habéis hablado?

–De nada importante –Melody sintió que si continuaba hablando del tema se pondría a gritar–. Ya hablaremos después, tengo que ir a trabajar. No pusieron pegas para que me tomara un par de horas libres, pero tengo que estar en la evaluación de un par de pacientes esta tarde.

–¿Te encuentras bien, Melody? Zeke no habrá dicho algo que haya podido importunarte, ¿verdad? –dijo Anna, observando a su hija con una mirada penetrante.

¿Aparte de dejar claro que era él quien mandaba, y que ella iba a pagar los platos rotos?

–Si quieres puedo pararlo todo y decirle que no seguiremos adelante con él –añadió Anna.

Melody aprovechó la oportunidad para evitar que su madre insistiera en su pregunta anterior.

–Ni se te ocurra –dijo con firmeza–. Vamos a ir hasta

el final; Julian no va a arruinarte. Al margen de todo, Zeke es un gran abogado, y eso es lo que necesitamos.

–Sí, lo sé.

La rápida conformidad de su madre reveló lo preocupada que estaba. Melody se detuvo lo justo para tranquilizarla un poco antes de irse, pero ya en el coche condujo de forma automática, con la mente puesta en la velada que tenía por delante. Para cuando llegó al hospital, la excitación se mezclaba con el enfado, pero habría caminado desnuda por las calles de Londres antes de admitirlo. Ese día se sentía mucho más viva que en los últimos seis meses, y era humillante; ¿cómo podía sentirse atraída por un hombre que la había traicionado? Y no sólo eso, además había estado a punto de convencerla de que dejara su carrera profesional para jugar a la parejita feliz mientras él mantenía una sórdida aventura con su secretaria. Su madre tenía razón, los hombres eran incapaces de ser monógamos; nunca volvería a ser vulnerable por ningún hombre, especialmente, por Zeke Russell.

Zeke estaba sentado en su despacho, mirando sin ver un montón de papeles. Tenía grabado en su mente un bello rostro de una piel pálida y casi traslúcida, unos ojos gris azulado enmarcados por rizadas pestañas y unos labios carnosos de forma perfecta. Su hermosura era casi pecaminosa, y lo irónico era que ella no se daba cuenta.

Desde la primera cita, había sabido que el perfecto cuerpo de Melody albergaba muchas inseguridades; algunas se remontaban al abandono de su padre, otras podían atribuírsele a su madre. Incluso después de que se comprometieran, Zeke había tenido la clara impresión de que ella estaba esperando a que algo saliera mal. Su actitud le había irritado un poco, lo admitía, pero no se había dado cuenta de lo enraizadas que estaban sus inseguridades, y había creído que su amor podría con todo. Sonrió con sorna. Se había equivocado.

Se levantó con un movimiento brusco, caminó hasta la ventana que daba a una concurrida calle londinense y contempló desde su segundo piso a la gente y los coches que pasaban. Había manejado mal la situación, permitiendo que las acusaciones de ella le ofuscaran. Se había sentido furioso porque ella no ha confiado en él lo suficiente para escuchar su versión de los hechos, porque lo había juzgado y sentenciado antes de hablar con él. Además, estaba el orgullo; no había estado dispuesto a arrastrarse y suplicarle que lo escuchara. Y, por último, estaban su decepción y su indignación; se había abierto a Melody más que a nadie en su vida, y ella se lo había arrojado todo a la cara. Aquel día habría podido zarandearla con gusto.

Alejándose de la ventana, se dejó caer de nuevo en la amplia silla de cuero y se apartó el pelo de la frente. Jamás sería capaz de ponerle un dedo encima, ya que no sentía sino desprecio por los hombres que se comportaban así; pero tampoco podía renunciar a su hombría, suplicar y arrastrarse. Cuando ella lo abandonó fue como si le cortaran el brazo derecho, pero eso era preferible a perder la dignidad. Si Melody no confiaba en él lo suficiente para concederle al menos el beneficio de la duda y escucharlo, no existían fundamentos para una relación.

Miró ceñudo el montón de documentos mientras una vocecilla en su cabeza se burlaba: «pero no esperabas que estuviera tanto tiempo lejos de ti, ¿verdad? Pensaste que entraría en razón y volvería a tu lado en menos de un mes, cuando hubiera podido reflexionar con calma». Pero pasó otro mes, y otro más, y finalmente había tenido que aceptar que ella no pensaba llamarlo ni intentar arreglar las cosas.

Así que su madre había ganado. Levantó la cabeza y clavó la mirada en el otro extremo de la habitación; qué ironía... tenía fama de ser el mejor abogado defensor del momento, pero había sido una nulidad total en su propia defensa. Cómo debía de haberse reído Anna Taylor. Profirió una palabrota salvaje, pero no sintió ningún alivio. ¿Por qué había aceptado representarla cuando lo único que quería era ver cómo lo perdía todo? El ceño se hizo más pronunciado. Porque creía en su inocencia. Despreciaba a aquella mujer, nunca hubiera creído que podría llegar a odiar tanto a otro ser humano, pero al margen de todo, Anna no era ni una mentirosa ni una estafadora. Lástima, porque a Zeke le hubiera gustado que recibiera una dosis de humildad.

En cuanto a Melody... puso el índice y el pulgar en los lagrimales de sus ojos y presionó con fuerza antes de levantar la cabeza con determinación. No podía permitir que ella volviera a controlar sus emociones, pero tampoco estaba dispuesto a rendirse y dejarla marchar. Su principal razón para ir a la casa de su madre aquella mañana había sido verla, estar cerca de ella. La segunda razón había sido satisfacer su curiosidad. Había conseguido lo segundo fácilmente, ya que ellas se habían apresurado a explicarle lo sucedido; lo primero le había dejado claro que haría lo que fuera para continuar viéndola... por el momento, hasta que hubiera decidido cómo iba a acabar la función. Y aquella vez sería él quien orquestara el gran final.

Melody sabía que su apariencia era la mejor posible cuando Zeke llamó a la puerta de la vieja casona en Finsbury Lane donde estaba su pequeño apartamento; por una vez, su cabello había colaborado y se mantenía en un moño flojo. El maquillaje era perfecto, el rímel separaba y alargaba sus pestañas en vez de apelotonarlas, y sus labios tenían un brillo satinado y húmedo.

Sabía que el vestido que había elegido le sentaba bien. El corpiño de terciopelo gris, la falda de gasa con pedrería y el chal a juego eran seductores y glamurosos y realzaban sus curvas; su perfume era embriagador.

Había pasado toda la tarde hecha un manojo de nervios, pero cuando llegó el momento y oyó sonar el timbre, una calma fatalista se apoderó de ella. No le había quedado otra opción que salir con él, lo que hasta cierto punto era reconfortante; ella no había tomado la decisión, así que no tendría que preguntarse si se estaba equivocando. Pero cualesquiera que fueran las expectativas de Zeke, ella no iba a ser la mujer complaciente y amorosa que había sido antes de su ruptura, una mujer tan enamorada que no había podido pensar con claridad, una mujer aterrada por la posibilidad de que él se cansara de ella antes o después. Su suave boca se curvó con tristeza.

El timbre volvió a sonar, y Melody fue hasta el interfono que había al lado de la puerta.

–¿Sí? –dijo con voz queda.

–Soy Zeke.

La profunda voz masculina hizo que su corazón volviera a latir con fuerza, pero Melody consiguió mantener un tono firme al contestar:

–Ya bajo.

Su apartamento estaba en el piso superior de la casa victoriana adosada de tres plantas; en cada planta había dos apartamentos y un baño separado, y en el piso inferior una gran cocina común al servicio de los inquilinos.

Melody se había mudado allí hacía siete años, cuando con veintitrés había dejado la casa de su madre. Un considerable aumento en el sueldo que recibía en su primer trabajo, que conservaba desde que dejó la universidad, le había permitido poder alquilar por fin su propio apartamento. Se volvió para contemplar la espaciosa habitación; el alto techo y las dos grandes ventanas le conferían una sensación de amplitud. Al instalarse había cambiado la decoración, pintando las paredes y el techo de color hueso y la carpintería de un tono lila suave; las cortinas de muselina mantenían la luminosidad, y había colocado persianas para conservar la privacidad de noche. El sofá cama doble era de un lila pálido, y unos cojines de un tono más fuerte y un jarrón rojo con flores ornamentales aportaban un toque de color.

Había colocado la pequeña mesa de comedor con dos sillas cerca de las ventanas, y le encantaba comer contemplando el cielo por encima de los tejados. A veces sentía que estaba en la cima del mundo. Era una casa tranquila, serena, y con la pequeña zona para cocinar que tenía en un rincón, con su horno microondas, su diminuta nevera y su encimera de dos fuegos, no tenía que usar las instalaciones colectivas si no quería.

Cerró la puerta y bajó con cuidado por las estrechas y empinadas escaleras, consciente de que las delicadas sandalias que llevaba eran mucho más altas que los zapatos que solía usar. Tras cruzar el vestíbulo, abrió la puerta principal. Zeke estaba apoyado en la verja que separaba la entrada pavimentada de la calle; el esmoquin y la corbata negros enfatizaban su masculinidad.

Melody respiró profundamente. Estaba muy atractivo. Sus propias palabras se burlaron de ella; durante los últimos seis meses no había vivido, se había limitado a existir. Vivir era estar junto a Zeke. El pánico que sintió ante sus sentimientos hizo que su voz sonara brusca cuando dijo:

—Sabes que esto no es una buena idea, ¿verdad? –no lo era para ella; de hecho, era un suicidio emocional.

—Yo no lo veo así –él se incorporó y la tomó del brazo, acariciándola con aquellos ojos ámbar antes de decir–: estás fantástica.

—Gracias –incluso en sus propios oídos sonaba como una remilgada matrona de edad avanzada, con la voz seca. Volvió a respirar hondo y se esforzó más–. ¿Adónde vamos?

—Al teatro –dijo él. Mencionó un espectáculo que Melody había estado deseando ver, pero las entradas estaban muy caras, y acabó diciendo:

—Y después tenemos mesa reservada en el Black Cat.

Melody lo miró sorprendida; era imposible que hubiera conseguido las entradas y la reserva con tan poca antelación. Obviamente, había planeado salir con otra persona aquella noche. ¿Angela? Un escalofrío le recorrió la espalda, y no sintió satisfacción alguna al saber que la otra mujer debía de haberse sentido indignada. Qué situación tan horrible.

Los ojos leonados diseccionaron su reacción, y Zeke dijo con suavidad:

–Marvin... ¿te acuerdas de Marvin?

Melody asintió; era un socio del bufete donde Zeke trabajaba.

–Había planeado traer a su mujer por su veinticinco aniversario de casados –explicó él–. Desgraciadamente, ayer tuvieron que ingresarla en el hospital por molestias en la vesícula biliar. Así que no había riesgo de decepcionar a ninguna de las componentes de mi harén.

Aunque él parecía haber leído sus pensamientos, Melody mantuvo su expresión inalterable.

–No sé de qué estás hablando –mintió.

–Claro que no –contestó él con una gélida neutralidad. Señaló con un gesto el taxi que los esperaba–. ¿Nos vamos?

«Buena forma de empezar la velada, Melody. Bien hecho», se reprendió mientras entraba en el taxi. La noche ya iba a ser suficientemente difícil como para empeorar las cosas desde el principio. Tragó con fuerza cuando él se sentó a su lado.

–Lo siento –dijo con voz casi inaudible–. No debería haber sacado conclusiones precipitadas.

Por un momento pensó que él se mostraría difícil, y Melody admitió para sí que estaba en su derecho. Tras mirarla unos segundos, Zeke meneó la cabeza, dejando escapar un largo suspiro.

–Vas a volverme loco, mujer –dijo, pero su tono era más resignado que hostil–. Mira, para que conste, no salgo con nadie. De hecho, no he estado con nadie desde que tú y yo cortamos.

Ella sintió un estremecimiento de loca alegría antes de que se impusiera la lógica; casi podía oír la voz de su madre: que él dijera algo así no significaba que fuera cierto.

–¿Me crees? –preguntó Zeke.

Algo en su tono hizo que Melody lo mirara a los ojos. Sabía lo que él quería que dijera, y debería mostrarse cooperativa, ya que iba a defender a su madre; pero dudó demasiado.

–No digas más –dijo él con sequedad.

–No he dicho nada.

–Lo suficiente.

–Mira, Zeke... –Melody tragó saliva. Él estaba muy cerca, y era difícil disipar el recuerdo de otros trayectos en taxi, en los que ella había estado en sus brazos–. No quiero pelear contigo.

–Qué amable –la expresión de su rostro no se correspondía con sus palabras.

–Lo que quiero decir es... –Melody vaciló. ¿Qué era lo que quería decir? No tenía ni idea–. Eres libre, puedes hacer lo que quieras –dijo al fin, con voz insegura.

–¿Soy libre? –Zeke asintió–. Sí, y creo que intentas decirme que tú también, ¿verdad?

–Bueno... sí –aunque no le servía de nada, ya que su corazón le pertenecía a él.

–Ha quedado claro –dijo él, estirando sus largas piernas.

Los sentidos de Melody se dispararon. «Por el amor de Dios, ni siquiera te está tocando y tú ya estás perdiendo el control», pensó con irritación. Zeke continuó:

–Ahora que hemos dejado claro que los dos estamos libres, ¿puedes relajarte un poco?

Él miraba hacia delante, pero parecía como si sus ojos fueran un láser que la estuviera diseccionando trocito a trocito. Melody arrancó su mirada del masculino perfil.

–Estoy completamente relajada –mintió con voz tensa.

–Sí, claro.

–Además, ¿cómo esperas que se sienta una persona cuando se la obliga a salir a cenar? –espetó.

–¿Cuando la cena es en el Black Cat y el espectáculo previo es el que todo el mundo quiere ver? –contestó él con indolencia–. Yo diría que tendría que sentirse agradecida.

–¿Agradecida? Ni hablar.

–Como quieras.

Su total indiferencia era increíblemente exasperante, sobre todo porque, si se tratara de lo que ella quería, a aquellas alturas estarían felizmente casados y viviendo juntos, sin ninguna intención de separarse. «No», se dijo, «no vayas por ahí. Contrólate». Era una cuestión de poder, el de él sobre ella, pero Melody no podía dejarle creer que tenía la sartén por el mango. Se encogió de hombros, imprimiendo su voz con un forzado tono despreocupado.

–De todas formas, no importa; sólo es otra prueba de lo diferentes que somos.

Él le dirigió una fría mirada neutral. Espoleada por su indiferencia, Melody añadió:

–Hemos cambiado; pasa constantemente.

–¿Como con tus padres?

Fue como un golpe, y la conmoción era evidente en sus ojos cuando sus miradas se encontraron.

–Mis padres no tienen nada que ver –dijo temblorosa.

–¿No? –sus ojos eran implacables–. Creo que tienen que verlo todo, al menos tu madre. Te ha alimentado con resentimiento desde que eras pequeña, pero tú no lo ves, ¿verdad? No sé qué pasó entre tu padre y Anna, y no me interesa lo más mínimo, pero una cosa está clara: es la razón de que esté haciendo todo lo posible por arruinar tu vida.

–Eso no es verdad –sus mejillas ardían de furia–. No tienes ni idea de lo difícil que han sido las cosas para ella por culpa de mi padre. Si fuera por él, nos habríamos muerto de hambre. Fue ella quien fundó el negocio, quien proveyó un techo sobre nuestras cabezas...

–No digo que no cuidara de ti –la interrumpió bruscamente–, sino que dejó que su dolor y su desilusión fueran el motor de todas sus acciones, igual que ahora. No le gustan los hombres, Melody, ¿no lo ves? Para tu madre, son lo más rastrero que ha pisado la faz de la tierra.

–¿Y puedes culparla?

–Sí, claro que sí, porque nos ha afectado a nosotros –respondió con furia.

–Lo que pasó entre nosotros...

Melody se detuvo en seco cuando el taxista alargó la mano y abrió la mampara que lo separaba del resto del vehículo.

–Se preguntará por qué voy por aquí, amigo –se dirigió a Zeke con voz animada–. Hay obras en el camino más corto. Anoche me pasé horas allí parado.

–¿Qué...? –cuando asimiló las palabras del hombre, Zeke moderó el tono de su voz–: oh, está bien; vaya por donde quiera.

–Mientras no piense que se la estoy jugando...

–No, ni se me ocurriría –contestó Zeke; su voz indicaba que no le importaba lo más mínimo.

–Porque anoche un impresentable me hizo una escena, aunque yo le puse las cosas claras. Le dije «sal y vete andando, tío, si crees que vas a llegar antes». ¿Y sabe lo que hizo el tipo?

–¿Salió y se fue andando?

–Sí, eso hizo. Y sin pagar, el muy cerdo.

La voz del taxista sonaba tan indignada, que Melody estuvo a punto de estallar en carcajadas histéricas. Allí estaban Zeke y ella discutiendo su ruptura, una ruptura que le había causado tal dolor, que al principio había pensado que no sobreviviría, y aquel hombre estaba despotricando porque no le habían pagado una carrera.

Fue Zeke quien volvió a cerrar la mampara de separación, y aunque el taxista entendió la indirecta y no dijo nada más, en la parte posterior del vehículo reinó el silencio hasta que llegaron al teatro.

Las entradas eran para el anfiteatro, y sus asientos estaban muy bien situados. Zeke le compró unos bombones y un programa, y Melody se enfrascó en él durante los cinco minutos previos a la función; sin embargo, no podía evitar ser consciente de cada movimiento del hombre, y sus nervios estaban en una sintonía tan perfecta que zumbaban. Debido a la corpulencia de Zeke, sus muslos se tocaban, y un ancho hombro se apretaba contra ella. Su cercanía era perturbadora.

Sintió un enorme alivio cuando las luces se apagaron y la orquesta empezó a tocar; sus mejillas habían ardido durante los cinco minutos, y tampoco había ayudado que él aparentara estar muy cómodo sentado en silencio, sin hacer ningún esfuerzo por entablar conversación y completamente relajado, aunque un tanto distante y sombrío. Melody no sabía cómo iba a lograr sobrevivir a aquella noche.

Sin embargo, a pesar de sus enfebrecidos pensamientos, pronto se vio arrastrada por la música y la historia acerca del amor perdido y recuperado. Era un espectáculo dramático con un toque cómico para aliviar el trasfondo sombrío, y Melody se sumergió en los entresijos de la trama. Cuando llegó el intermedio, apenas podía creer que hubiera pasado una hora.

Se abrieron paso entre el gentío hasta llegar a la zona del bar, y cuando Zeke hubo comprado las bebidas, buscaron un rincón tranquilo.

—¿Te gusta? —preguntó Zeke con voz suave; su cuerpo era un escudo contra la multitud.

—Mucho —Melody le dirigió una educada sonrisa de cortesía.

—Bien —su boca se torció ligeramente—. La velada no es tan horrible como imaginabas, ¿no?

—No creí que iría mal —se apresuró a mentir.

—¿No? —su respuesta estaba cargada de incredulidad.

—No. Es que no me gustó verme obligada a hacer algo, eso es todo.

–No me dejaste otra opción –dijo, observándola atentamente.

Melody no respondió y tomó un sorbo de su bebida. De pronto se dio cuenta de que no quería discutir con él; sólo quería aprovechar aquella noche a su lado, porque tendría que durarle para el resto de su vida. Eran muy diferentes en todos los temas importantes, sin ningún terreno en común; estaba claro, porque para ella la fidelidad era algo imprescindible y siempre lo sería.

–Tu cabello sigue pareciendo oro hilado –Zeke levantó un mechón que descansaba sobre la mejilla de Melody y dejó que resbalara de entre sus dedos.

No podía dejar que Zeke supiera el efecto que tenía en ella. Débilmente consiguió decir:

–Es demasiado fino.

–No, es perfecto –sus ojos se oscurecieron–. Luz del sol entrelazada con reflejos de rayos de luna. Nunca he visto un pelo rubio con tantos matices.

–Es igual que el de mi madre.

En cuanto lo dijo deseó poder tragarse sus palabras, ya que sabía que mencionar a Anna sólo servía para sacar de quicio a Zeke. Al principio había creído que el antagonismo instantáneo que había nacido entre ellos desaparecería conforme se fueran conociendo; sin embargo, las cosas habían ido a peor, y Melody sabía que su madre no había dado ninguna oportunidad al abogado. Él lo había intentado, pero Anna lo había seguido tratando con una frialdad casi obsesiva. Zeke lo ignoraba, pero más de una vez su madre y ella habían peleado a causa de aquella actitud.

Los padres de Zeke habían fallecido en un accidente de coche tres años antes de que lo conociera, y como era hijo único, Melody había querido que hubiera una buena relación; sólo después de la ruptura su madre había admitido que Zeke le recordaba al padre de Melody.

–No sólo en el físico, aunque tu padre era muy alto y fornido –había dicho Anna–. Eso no acaba de apreciarse en las fotografías; pero la forma de ser de Zeke, su...

bueno, su carisma, su poder de atracción, llámalo como quieras. ¿Me entiendes? –y sin esperar una respuesta, había añadido con tono ácido–: y el mismo ego enorme, naturalmente.

Melody había tardado en perdonar a su madre por su conducta arbitraria en el tema de las fotografías, y Anna lo sabía. Sólo habían hecho las paces después de tres o cuatro meses porque Melody sabía que su madre había creído estar haciendo lo correcto... y porque Anna había escrito una emotiva carta en la que daba las razones que tuvo para interferir. Había escrito:

No quería que tuvieras que pasar por lo mismo que yo; por eso sentí que tenía que averiguar su verdadero carácter. Quizás creas que te sientes mal ahora, pero si te hubieras casado con él, si hubieras tenido hijos y luego hubieras descubierto que te había estado engañando, te habrías quedado destrozada. Como me quedé yo. No quería que te pasara, a ti no.

Dejando a un lado los recuerdos, Melody vio que el rostro de Zeke se había endurecido con la mención de su madre, y observó cómo hacía un esfuerzo visible para relajar los tensos músculos faciales. La voz masculina estaba deliberadamente carente de emoción cuando dijo:

–Creo que tu cabello es único, pero quizás tengas razón respecto al de Anna –se hizo una incómoda pausa, tras la cual continuó–: ¿quieres otra bebida?

Lo cierto era que no, pero Melody contestó afirmativamente de todas formas, con la esperanza de que disminuyera la tensión. Cuando él regresó, charlaron de naderías hasta que sonó el primer aviso; para entonces, Melody estaba un poco mareada después de dos vasos de vino en el estómago vacío. Tomó nota mental de pedir un agua con gas en el Black Cat antes de cenar.

La segunda parte de la obra fue incluso mejor que la primera, y el clímax, en el que la joven protagonista renunció a su amado en favor de otra mujer a quien él había amado, pero dado por muerta años atrás, hizo que Melody se deshiciera en sollozos ahogados. Aceptó el pañuelo que Zeke le ofreció sin decir palabra mientras la música finalizaba su crescendo, secándose los ojos y sonándose la nariz antes de devolvérselo.

–Ha sido maravilloso –dijo con fervor cuando el público empezó a levantarse y a salir del teatro–. Pero tan triste. La pobrecilla, dejándolo marchar cuando lo amaba tanto.

–Sólo es una historia –dijo Zeke suavemente.

Quizás. Mientras se levantaban y salían del edificio, Melody estuvo a punto de volver a echarse a llorar; era una historia como la vida misma. Ella lo había perdido por otra persona, ¿no?

A pesar de la multitud arremolinándose a la salida del teatro, Zeke no tuvo problemas para conseguir un taxi; el mundo entero parecía estar a sus órdenes. Una vez en marcha hacia el club nocturno, y quizás porque la función aún estaba muy fresca en su mente, Melody dijo:

–La vida parece ser un tiovivo de altibajos, ¿no te parece?

–Hasta cierto punto. También es lo que cada uno hace de ella.

Sus palabras parecieron una crítica de lo que ella había dicho, y Melody se enfureció.

–No siempre podemos hacer que sea mejor o diferente.

Él se encogió de hombros, volviendo la cabeza para mirarla mientras deslizaba un brazo por el respaldo del asiento. Ella se quedó inmóvil, plenamente consciente de su tacto y su aroma.

–Eso puede ser cierto a veces –dijo él. Su indolente displicencia contrastaba con la voz tensa de Melody–. Con una enfermedad grave, por ejemplo, o con la muerte de un ser querido. Incluso entonces, la manera en que uno afronta la situación repercute en cómo se siente sea cual sea el desenlace. La amargura, la rabia, el resentimiento, son criminales; si arraigan, lo tiñen todo.

Melody se lo quedó mirando, convencida de que se estaba burlando de ella, ¿o se estaba volviendo paranoica? En cualquier caso, no podía contestarle porque él diría que si se daba por aludida, sería por algo. Se movió nerviosamente. Era el hombre más exasperante del mundo.

–¿No estás de acuerdo? –preguntó Zeke con una voz suave como la seda.

–Estás diciendo que, sea lo que sea lo que le hagan a uno, por mala que sea la situación y sin importar lo que vaya mal... ¿hay que aguantarlo con una sonrisa? ¿Al mal tiempo buena cara?

–Claro que no –por su tono parecía estar hablando con un mocoso recalcitrante.

En aquel preciso momento el taxi llegó al Black Cat, uno de los clubs nocturnos más famosos de Londres. A Melody no le importó. La conversación la había afectado mucho, aunque eso era algo típico con Zeke. No podía permitir que él controlara la situación. No se dio cuenta de que fruncía el ceño mientras él la ayudaba a salir del vehículo hasta que Zeke susurró:

–¿Podrías al menos intentar aparentar que te alegra estar aquí? No están acostumbrados a que la gente los fulmine con la mirada al entrar, sobre todo teniendo en cuenta los precios y la larga lista de espera que hay para conseguir una mesa.

Ella contestó con una grosería que los dejó a ambos boquiabiertos, y cuando Melody entró del brazo de Zeke, sus mejillas estaban teñidas de un vivo color rosado. El interior era cromado y color plata, con espejos por todas partes y un aire chic. Su mesa estaba muy bien situada, cerca de la pequeña pista de baile, pero como estaba ligeramente retirada en uno de los reservados que salpicaban la estancia, disfrutaban de cierta privacidad aun estando imbuidos en el ambiente.

Melody se hundió en su asiento, y cuando llegó hasta ella el delicioso aroma de la comida no pudo evitar olfatear el aire con disimulo. Estaba hambrienta, y por lo que había visto mientras se dirigían a la mesa, todo parecía delicioso. Su metabolismo le permitía comer lo que quisiera sin engordar, pero se mareaba si pasaba demasiado tiempo entre comidas, como en aquel momento.

Cuando el sumiller se acercó a su mesa, Zeke pidió una botella del caro clarete que había sido su preferido cuando salían juntos, además de una botella de agua con gas para ella. Les sirvieron una cesta con panecillos calientes, y él dijo:

—Cómete uno ahora; tus niveles de azúcar están bajos, ¿verdad?

Melody asintió; había olvidado lo agradable que era tener a alguien que la cuidara. Él siempre se daba cuenta de que se sentía mal o de que pasaba algo sin tener que decírselo; ninguno de los hombres con los que había salido antes habían sido tan intuitivos. Claro que nunca había dejado que ningún otro hombre se acercara tanto a ella como Zeke, y ninguno la había excitado tanto.

Antes de conocerlo, se había considerado un poco fría en lo referente al sexo; algunas de sus amigas parecían creer que ir saltando de cama en cama era de lo más normal, pero ella nunca lo había hecho. Jamás había sentido la tentación. Con Zeke había sido diferente: por primera vez, la necesidad y el deseo habían puesto en peligro su sueño de la infancia de caminar por el pasillo de la iglesia con un vestido de ensueño, sabiendo que la noche de bodas sería especial.

Cuando habían empezado a salir, ella le había dicho tímidamente que quería reservarse para su marido; él no se había reído ni se había burlado de ella, como algunos de sus anteriores novios, y tampoco intentó hacer que cambiara de idea. Había sido ella la que había flaqueado en más de una ocasión, cuando sus caricias eran tan maravillosas que había deseado llegar hasta el final. Lo único que Zeke había dicho, la noche en que le dio el anillo y le pidió que se casara con él, fue que tendría que ser un compromiso corto. Según él, había un límite en el número de duchas frías que un hombre podía aguantar por noche.

Ella se había reído, abrazándolo, y habían acordado fijar la fecha para dos meses después, con lo que tendrían tiempo de encontrar una iglesia y de que ella comprara el traje de sus sueños. No quería una gran boda con toda la parafernalia, sólo a Zeke, casarse en un lugar especial y lucir el vestido soñado. Y entonces descubrió lo de Angela.

Melody untó generosamente el panecillo con mantequilla y tomó un bocado; estaba delicioso, pero sus pensamientos habían embotado su sentido del gusto.

–¿Así que el trabajo va bien? –preguntó Zeke de repente.

Ella lo miró sorprendida. Con la boca llena de pan, asintió.

–¿Mucho trajín?

–Muchísimo –contestó ella después de tragar. Decidió que lo mejor era ser sincera–: a veces hasta doce horas al día, pero no siempre –dijo, admitiendo para sí que era lo más corriente–. No podría haberlo hecho si aún estuviéramos... –se detuvo, consciente de su falta de tacto.

–¿Si aún estuviéramos juntos? –acabó él la frase.

Melody volvió a asentir.

–Los que trabajan en la unidad son solteros o tienen parejas muy comprensivas –admitió.

El sumiller llegó con su botella; una vez que les sirvió y se fue, Zeke se bebió medio vaso de golpe antes de decir, jugueteando con su plato:

–La verdad es que me precipité en esa cuestión.

Melody se lo quedó mirando antes de darse cuenta de que se había quedado con la boca abierta y que la imagen no debía de resultar demasiado agradable, ya que la tenía llena de pan. La cerró de golpe, tragó y dijo:

–De hecho, probablemente tenías razón. Los tres primeros meses fueron agotadores, y no hice más que trabajar y dormir. No hubiera sido la mejor manera de empezar un matrimonio.

–No discutas –dijo con una sonrisa que se evaporó cuando continuó–: después entendí que era una gran oportunidad para ti, y que probablemente no volvería a presentarse en mucho tiempo. Hiciste lo correcto al aceptarla. Lo mínimo por mi parte hubiera sido tener una comida caliente esperándote, seguida de un buen baño y quizás de un masaje en los músculos tensos.

Lo dijo medio en broma, pero sonó tan bien que ella no pudo responder con la sonrisa de rigor; sus ojos se llenaron de lágrimas, y horrorizada se apresuró a dirigir la vista hacia su plato.

–Eso ya es agua pasada –consiguió decir con bastante entereza–. No importa.

–Supongo que sólo quería que lo supieras, eso es todo –contestó él.

Algo en su voz hizo que ella deseara levantar los ojos y tomar su mano, pero la imagen de Angela Brown la detuvo en seco.

La llegada del primer plato no pudo ser más oportuna. La creación había sido bautizada con el exótico nombre de *fruits de mer*, y consistía en marisco aderezado con limón y canónigos; para cuando el ajetreado camarero lo hubo colocado todo a su gusto, Melody había recuperado el control de sí misma. Mientras ensartaba una suculenta gamba con el tenedor, se dijo con firmeza que se había imaginado la vulnerabilidad en la voz de Zeke.

Tras el marisco llegó un plato de costillas rebozadas en salsa de mostaza y azafrán, que Melody acompañó con un vaso de clarete. Todo estaba delicioso. Se lo dijo a Zeke, y él sonrió.

–Debería sentirlo por el pobre de Marvin y por su mujer, pero soy demasiado egoísta –admitió él, impenitente–. No todos los días le cae a uno un regalo del cielo en el momento justo.

–¿En el momento justo?

–Cuando había conseguido que salieras a cenar conmigo.

–Quizás habría salido a cenar contigo antes si me lo hubieras pedido.

Lo dijo con ligereza, casi con coquetería, pero algo en su voz capturó la atención de Zeke. Los ojos dorados se fijaron en su rostro y lo estudiaron por un momento.

–Me dejaste, ¿te acuerdas? –dijo con suavidad–. No fui yo quien dijo haber cometido el mayor error de su vida. Te amaba, yo no cambié.

Su osadía la dejó sin habla por un momento, y sus ojos adquirieron un brillo peligroso.

–Tenías una aventura con otra mujer –dijo con furia.

Zeke negó con la cabeza, y ella siseó:

–Y si me querías tanto, ¿por qué no intentaste verme? ¿Por qué no viniste tras de mí?

–¿Para que pudieras volver a lanzarme insultos?

Melody pudo entrever el fuego escondido en su mirada, pero Zeke controlaba su rabia mejor que ella y su voz aparentaba una calma absoluta cuando continuó:

–Ni hablar. No había hecho nada malo, y no estaba dispuesto a suplicar. Desde el primer momento en que te vi, para mí no ha existido nadie más, y pensé que con un poco de tiempo te darías cuenta de ello.

La manera en que lo dijo, el tono sincero de su voz, hizo que Melody parpadeara. A veces, en las largas y solitarias noches, se había preguntado si se habría equivocado.

–Y ya que hablamos de razones, ¿por qué no fuiste a ver a Angela para preguntarle si teníamos una aventura? –preguntó Zeke en el mismo tono calmado y razonable.

¿Estaba completamente loco? ¿Por qué darle a la mujer aquella satisfacción?

–¿Irías tú a hablar con otro hombre si fuera al revés y

pensaras que yo había tenido una aventura? –preguntó con sarcasmo.

–Oh, iría a ver al hombre, Melody, no te equivoques –dijo él aún más suavemente–. Y si descubriera que era cierto, el tipo desearía no haber nacido.

Melody volvió a parpadear; la onda de energía en la voz de Zeke fue tan intensa que resultó casi palpable. Bebió un sorbo de vino.

–Bueno, los hombres y las mujeres se enfrentan a estas cosas de forma diferente.

–Te equivocas –la miró con hostilidad–, el noventa y nueve por ciento de la gente reaccionaría de una manera: a mi manera. En cambio, tú perteneces al uno por ciento que hace las cosas al revés. Lanzas acusaciones sin fundamento que sé perfectamente que son falsas, rompes nuestro compromiso y desapareces de mi vida, y no pides pruebas de nada.

–Tenía las fotografías...

–No me hagas reír. Si acusáramos de tener una aventura a todos los hombres y las mujeres que comparten un taxi, no se salvaría nadie. Tuvimos una larga reunión de negocios, y después nuestros anfitriones nos invitaron a cenar antes de llamar a un taxi para volver al hotel. Fin de la historia. Y si recuerdo bien, tenía tantas ganas de volver a tu lado que al día siguiente tomé de madrugada el primer avión, y dejé allí a Angela para que atara los cabos sueltos y regresara después. No parecen las acciones de un amante enamorado aprovechando al máximo su aventurilla. Y todo hubiera podido confirmarse en su momento si te hubieras molestado en preguntar, pero no te importaba tanto, ¿verdad? Eso es lo que pasó, en resumidas cuentas.

–Eso es muy injusto –se sentía entumecida; sus palabras le habían llegado tan hondo que habían erradicado toda sensación.

–Melody, me entregué a ti por completo, pero tú retuviste gran parte de ti misma desde el principio... por si acaso –dijo implacable.

–¿Por si acaso? No sé de qué hablas.

–Deja que te ilumine. Por si hacía lo que todos los hombres están programados a hacer desde que nacen, al menos según tu madre, y te era infiel.

Debajo de la mesa las manos de Melody formaban puños tan apretados que las uñas se clavaban en sus palmas. Quería negarlo todo, decirle que estaba loco, pero por primera vez reconoció que Zeke tenía razón, y que ella se había comportado como él decía. No se había dado cuenta, pero era la razón por la que no había tenido una relación plena en el sentido físico con nadie antes de conocerle, ni con él; y emocionalmente también había sido siempre muy cauta, incluso recelosa.

Melody levantó la copa de vino, y se la bebió toda antes de volver a dejarla sobre la mesa. Para bien o para mal, sabía que no podía entregar su cuerpo a un hombre sin darle también su corazón, su alma y su mente; aquello no había sido un problema antes de Zeke, y le había sido fácil mantener la distancia, pero con él... a pesar de la agonía que había pasado al ver las fotografías, se daba cuenta de que había sentido también cierto alivio. Había pasado lo peor. No tenía que vivir cada día temiendo que él se cansaría de ella cuando estuvieran casados, que la abandonaría con sus hijos como le había pasado a su madre o, aún peor, que lo querría tanto que se quedaría con él pasara lo que pasara.

–¿Más vino?

La voz de Zeke era tranquila, y cuando lo miró a los ojos volvió a impactarla su devastador atractivo. Incapaz de hablar, Melody se limitó a asentir. Lo observó mientras le llenaba la copa y luego miraba taciturno hacia el otro extremo del local, con los ojos ligeramente entornados y el mentón en un gesto inflexible. En aquel preciso momento, sin saber por qué, supo de pronto que él era inocente. Quizás en el fondo siempre había creído en él.

Él era todo lo que siempre había imaginado en un hombre, y sin embargo había dejado que se le escapara.

Ella misma lo había echado de su lado. ¿Cómo podía explicarle que la intensidad de su amor por él la había aterrorizado? Siempre había relacionado el amor con dolor y pérdida, con una persona dando y la otra recibiendo. Tales ideas habían cristalizado incluso antes de que su padre se fuera y su madre se consumiera en rencor hacia los hombres; aunque era una niña cuando él las abandonó, podía recordar vagamente ecos de las horribles peleas que solían tener, y las interminables lágrimas de su madre. Había algo más, algo que había pasado y que era importante, pero estaba en el filo de su conciencia y no podía sacar la memoria a la superficie.

Cuando Zeke se volvió hacia Melody, le sorprendió la emoción desnuda en su rostro.

–¿Estás bien? –preguntó–. Mira, olvida lo que he dicho –su voz era brusca, pero no hiriente–; te he traído aquí para que disfrutáramos de una velada juntos por los viejos tiempos, no para abrir viejas heridas –no era del todo cierto, pero Zeke no estaba dispuesto a admitirlo.

Melody hizo un esfuerzo visible para centrarse en él.

–Lo siento si te hice daño, Zeke. Y sí que te quería.

Él deseaba responder que no lo suficiente, y que desde luego no como él la quería a ella, pero no lo hizo. En parte porque el camarero se acercaba con la carta de postres, y en parte porque estaba harto de volver a lo mismo. Ella siempre lo consideraría un ser mezquino, así que quizás lo mejor sería minimizar las pérdidas, dejarlo y acabar de una vez. Había otras mujeres en el mundo, conocía a varias que estarían encantadas de ocupar su lugar si las llamaba. Mujeres dispuestas a pasar un buen rato sin ataduras, que disfrutaban de la compañía masculina, pero que no querían las complicaciones de un compromiso serio interfiriendo en sus vidas; quizás debería llamar a una de ellas. Pero no lo haría. Con un gesto de agradecimiento hacia el camarero, tomó la carta de postres y la abrió.

Capítulo 3

MELODY se levantó muy temprano al día siguiente, y aunque era el primer sábado en semanas que no tenía que ir a trabajar, no pudo quedarse en la cama. Su primer pensamiento al abrir los ojos había sido Zeke; había soñado con él toda la noche, aunque no podía recordar los detalles. Tras abrir las ventanas de par en par para disfrutar del aire fresco, plegó el sofá cama y preparó café; con una taza en las manos, fue hasta la mesa de comedor y se sentó con un profundo suspiro.

Qué mal lo había hecho. Era demasiado tarde para arreglar las cosas... Zeke no la perdonaría por haber dudado de él, y no podía culparlo. Y aunque sucediera un milagro y la perdonara, sabía que había dañado la relación más allá de cualquier posibilidad de recuperación. Se obligó a analizar los hechos, recordando implacable las fotografías; aunque habían sido destruidas hacía tiempo, estaban grabadas en su mente. Aún la herían, pero de diferente forma, ya que en aquel momento era consciente de su estupidez. Creía en él. Demasiado tarde, pero creía en él.

Para cuando llevaba tres tazas de café, el sol brillaba ya con fuerza en el cielo, y Melody había llorado y se había secado los ojos antes de volver a repetir el proceso. Jamás se había sentido tan miserable. Podría haber jurado que nunca se sentiría peor que cuando abandonó a Zeke, pero se había equivocado; aquello era peor, mucho peor. Tras pasarse una mano cansada por el rostro, apuró lo que quedaba del café y se puso de pie.

–Basta –dijo en voz alta–. Vas a ahogarte en auto-compasión y culpa. Dúchate y lávate el pelo, y después saldrás a comprar.

Ya en la ducha se quedó largo rato bajo el chorro de agua, consciente de que Caroline, la joven ejecutiva de mercadotecnia que vivía en el otro apartamento de aquella planta, no saldría de la cama hasta el mediodía; o hasta más tarde, si el novio del momento se había quedado a dormir.

Tras secarse el pelo, Melody preparó un plato de cereales con leche. Por su apariencia y su sabor parecían desechos de la jaula de un roedor, pero la penitencia se ajustaba a su estado de ánimo. «Soy una cobarde», pensó mientras lavaba la taza y el plato; debería haberle dicho algo a Zeke la noche anterior, confesarle que se había equivocado, pero no había podido pronunciar las palabras. Cuando bailaban se había dicho que no era el momento apropiado, y lo mismo cuando volvían en el taxi; ni siquiera cuando la acompañó a la puerta dijo nada. Quizás lo hubiera intentado si Zeke la hubiera besado o mostrado algún deseo de hacerlo, pero a pesar de la actitud agradable que había mantenido después de su conversación, parecía un poco indiferente.

Ya no la quería, ni siquiera le importaba; sólo le había pedido... *exigido* que saliera con él porque quería dar su versión de los hechos. Había dejado clara su postura, insinuando de paso que ella no estaba bien de la cabeza, y se acabó. Melody no debería sorprenderse; seis meses con él habían bastado para que se diera cuenta de que Zeke no daba segundas oportunidades.

Sonó el teléfono, y Melody gimió en voz alta; otra emergencia en el trabajo, seguro. Normalmente no le importaría, pero aquel día era demasiado; respiró hondo y dejó escapar el aire lentamente. Era una profesional, y mucho más para algunos de sus pacientes; amiga, consejera, confidente, apoyo... algunos de sus pacientes se enfrentaban a la experiencia más aterradora y desmoralizante de sus vidas, y necesitaban saber que tenían a alguien a su lado. Sin importar cómo se sintiera, les debía esa ayuda. Contestó con voz competente y formal:

–Melody Taylor al habla. ¿Puedo ayudarle?

–Eso creo.

–¿Zeke? –Melody sintió que le clavaban un puñal en el pecho. Dijo con voz cauta–: ¿Qué pasa?

–Estamos a fin de semana, sábado, concretamente; cuando el día termine y llegue la noche, la gente saldrá de fiesta. Así es como debe ser, sólo que yo no tengo a nadie del sexo opuesto con quien pasarlo bien –se hizo una breve pausa y añadió con suavidad–: ahí es donde entras tú.

–¿Yo? –contestó ella con un gritito.

–Exacto.

Sonaba tan seguro de sí mismo, que le crispó los nervios; Melody fulminó el teléfono con la mirada. ¡Allí estaba ella, sufriendo, y él tan tranquilo! Era injusto e irracional, lo sabía, pero de algún modo su indolencia la irritaba. Zeke no había tardado demasiado en superar la ruptura.

–Pero ya no salimos juntos –contestó, aunque estaba de más decirlo.

–Exacto.

Melody frunció la frente, perpleja, pero él continuó:

–Si le pido a otra persona que salga conmigo se creará falsas esperanzas, pensará que estoy interesado en ella, y ahora mismo no tengo tiempo para eso. Tengo mucho trabajo –añadió.

–Oh –¿y ella qué era, un tronco de madera?

–Tú, en cambio, dejaste claro cuando nos separamos que preferirías caminar sobre brasas ardiendo antes que seguir con nuestra relación; sin embargo, creo que entonces disfrutábamos mutuamente de nuestra compañía, ¿verdad? Sería una pena que dejáramos de ser amigos.

¿Amigos? ¿Se había vuelto loco? Nunca podría ser su amiga... bueno, no solamente su amiga.

—Como ves, es perfecto. Ambos sabemos a qué ate-
nernos, y aun así podemos pasarlo bien, a un nivel completamente platónico, por supuesto. Hasta que las circunstancias cambien.

—¿Hasta que cambien? —susurró ella.

—Uno de los dos puede conocer a alguien.

Lo dijo con tanta frivolidad que lo hubiera abofetea-
do. Él continuó:

—Naturalmente, quizás esa persona no entienda nuestra situación.

Melody no lo dudaba, ya que ni ella misma la entendía. Apretó los dientes con fuerza.

—No estoy segura de que sea una buena idea —dijo
impávida—; al menos para nosotros.

—¿Porque no confías en mí y piensas que soy lo más
rastrero que hay?

Su voz tenía una inflexión que Melody no podía acabar de definir; Zeke continuó:

—Pero eso ya no importa, ¿no lo ves? No apruebo muchas de las cosas que hacen mis amigos, pero son asunto
suyo. El que el corazón no esté involucrado le quita hie-
rro al asunto.

Melody acababa de reunir el coraje suficiente para
decirle que sí que confiaba en él, que era ella quien se
había equivocado, pero sus palabras fueron un duro golpe. El corazón no estaba involucrado. Bueno, eso dejaba
las cosas claras, ¿no?

—Y no es que yo hiciera nada malo, claro, pero todo
eso es agua pasada y anoche acordamos que no volvería-
mos a hablar de ello.

¿De veras? Melody no lo recordaba. Él continuó:

—Bueno, entonces estarás lista a eso de las nueve para
ir a la fiesta en casa de Brad, ¿verdad?

Brad. Su mejor amigo, que sin duda estaría furioso
con ella por cómo había tratado a Zeke.

—Esta noche no me va bien —dijo con calma.

—Me lo debes, Melody —su voz había cambiado—. Le

estoy haciendo un favor a tu madre aceptando el caso, cuando ya estoy hasta las cejas de trabajo.

–Así que los amigos se chantajean para conseguir lo que quieren, ¿verdad? Encantador –su tono era ácido–. Tu concepto de la amistad difiere del mío.

–No lo dudo –fue su aterciopelada respuesta; tras una larga pausa, continuó–: ¿paso a buscarte?

Ella se rindió. Deseaba verlo con todas sus fuerzas, pero no de la manera fría que él había expuesto; admitió con tristeza que, si la hubiera llamado para decirle que había estado pensando en ella, para pedirle que hablaran las cosas, habría estado en el séptimo cielo. Pero así...

–Estaré lista a las nueve –masculló.

–Qué gentileza la tuya.

Canalla sarcástico. Por un momento, deseó poder volver a pensar lo peor de él, ya que así era más fácil creer que lo odiaba. Nunca lo había creído del todo, pero había seguido intentándolo.

–¿No se extrañará Brad cuando aparezcamos juntos? –preguntó con tono glacial.

–Es posible.

–¿Vas a llamarlo para explicarle la situación? –insistió ella–. Nos ahorrará explicaciones posteriores; si quieres, puedes obviar lo del chantaje –añadió mordaz.

–Te gusta mucho esa palabra, ¿verdad? –parecía divertido.

–No me gusta su significado –su tono calmado era más efectivo que la rabia desnuda.

–Y a mí no me gusta que me acusen de libertino sin corazón, así que todos llevamos nuestra propia cruz. A las nueve en punto. Estate lista –colgó el teléfono.

Melody pasó los diez minutos siguientes paseándose por el apartamento y murmurando imprecaciones, antes de salir a comprar. El pequeño supermercado dos calles más abajo de su casa estaba lleno hasta los topes, y después de comprar lo que necesitaba se detuvo a comprar fruta y verdura en la parada de la esquina. Para cuando volvía a casa, se sentía más tranquila. «Tienes que ver las cosas desde un punto de vista positivo», se dijo mientras entraba en el vestíbulo principal; Zeke controlaba la situación, pero lo importante era que había accedido a defender a su madre.

Ya en su apartamento, guardó la compra y preparó más café, mientras los pensamientos se sucedían como un torbellino. Estaba claro que ya no sentía nada por ella, aunque su comportamiento revelaba que la falta de confianza de Melody le había afectado; estaba disfrutando poniéndola nerviosa. Tendría que decirle que sabía que se había equivocado y que lo había juzgado mal; no cambiaría mucho las cosas, pero quizás su disculpa lo apaciguara un poco. Fuera como fuese, le debía cierto arrepentimiento, aunque seguía pensando que había sido completamente estúpido que no le mencionara que había cambiado de secretaria.

Oh, Zeke, Zeke... de repente, el dolor de su pérdida alcanzó una intensidad insoportable. Ojalá pudiera dar marcha atrás.

Sonó el teléfono, y volvió a gemir. Esta vez sí que tenía que ser del trabajo; sólo esperaba que no quisieran que se ocupara de algo que se alargara hasta la noche, porque Zeke no la creería. El alivio que sintió al oír la voz de su madre se vio templado por sus reflexiones previas.

—¿Melody? ¿Eres tú?

¿Quién más se pondría al teléfono en su apartamento?

—Sí, mamá –dijo en voz baja, intentando que su irritación no fuera evidente.

—Acabo de dejar los documentos que Zeke quería en su oficina, y me ha dicho que acababa de hablar contigo. También me ha comentado que ayer saliste a cenar con él. ¿Te has vuelto loca?

No tenía por qué aguantar aquello. La suave boca de Melody se tensó.

—No, estoy bastante cuerda –dijo tajante.

—Entonces, ¿por qué aceptaste verlo anoche? Supongo que te das cuenta de que es el colmo de la estupidez. No vas a ser tan tonta y dejar que te engatuse para volver con él, ¿verdad? No después de su comportamiento. Es un mujeriego, salta a la vista. No se puede confiar en él.

—Me extraña que digas eso, cuando le has confiado tu buen nombre y tu negocio —el corazón de Melody latía con fuerza, y tenía dificultad para respirar. No quería discutir con su madre.

—Eso es diferente, y lo sabes.

Hubo un breve silencio que Melody no intentó romper; habían pasado más de treinta segundos cuando su madre admitió con rigidez:

—Admito que Zeke es bueno en su trabajo, nunca lo he negado.

—¿Ha quedado satisfecho con los documentos que le has llevado esta mañana? —preguntó, intentando llevar la conversación por derroteros menos espinosos.

—Creo que sí —la voz de su madre sonó suave e intensa cuando dijo—: no cometas otro error, Melody. No con un hombre como él. Si lo ha hecho una vez, volverá a hacerlo.

—Como... ¿como papá?

El corazón estaba a punto de salírsele del pecho. Nunca hablaban de él. Había crecido sabiendo que no podía mencionarlo, aunque no podía recordar que su madre se lo hubiera prohibido; era una de esas reglas tácitas e instintivas. Sabía que su padre se había ido con otra mujer, que se había divorciado de su madre en cuanto había podido y que nunca había hecho nada por ver a su única hija. Nada más. Mientras esperaba la respuesta de su madre, se apoderó de ella una extraña sensación, y por un momento sintió que se ahogaba. La ominosa sensación era casi palpable.

—Sí —la respuesta, cuando llegó, fue seca y cortante.

—Zeke no es como él.

—Zeke es exactamente igual que él —la voz de Anna era gélida—. No escondas la cabeza en la arena; yo lo hice una vez, y viví para arrepentirme. Tu padre podía ser muy convincente, tenía todo el encanto del mundo. Ni siquiera cuando tuve pruebas irrefutables de que era un adúltero fui capaz de creerlo. «No quería creerlo». Y entonces su última fulana vino a casa, dando gritos...

–Lo siento –era demasiado doloroso oír la agonía en la voz de su madre–. No quería disgustarte.

–La muchacha estaba embarazada de tres meses, y le había prometido que se casarían –continuó Anna, como si no la hubiera oído–. Le había dicho que nos estábamos divorciando; pronto fue así, claro. Después me enteré de que había perdido el bebé y tu padre se había marchado al extranjero. Era un hombre endiablado, Melody. He oído hablar de hombres que maltratan, que son irracionales y posesivos, pero tu padre era peor, mucho peor. Hacía que lo amaras, que creyeras que lo eras todo para él, cuando mientras tanto... no tenía corazón ni conciencia.

–Estabas muy enamorada.

–Ciegamente, con todo mi corazón; pensaba que no podría vivir sin él. Cuando nos peleábamos, me convencía porque quería creerle. Si después de una discusión se iba de casa durante un par de horas, como solía hacer, pensaba que era el fin del mundo.

Melody podía recordar vagamente aquellos momentos, como a través de un velo. Y había algo más, algo que no podía recordar; entornó los ojos. ¿De qué se trataba? Sabía que era importante, pero estaba enterrado tan hondo que sólo le quedaba una terrible sensación de pánico.

–Por favor, Melody, no vuelvas a ver a Zeke; ni siquiera en calidad de amigos, como él me ha dicho. Los hombres como él no tienen amigas, las mujeres sólo tienen un propósito para ellos.

La voz de Anna era suave y suplicante, atípica en ella. No había duda de su sinceridad, y Melody sabía que hablaba así porque estaba preocupada por ella. Pero no podía aceptar no volver a ver a Zeke, por mucho que le doliera lastimar a su madre.

–¿Melody? ¿Me prometes no quedar con él a nivel personal?

–No puedo hacerlo –le resultaba muy difícil negarse a obedecer a su madre–. Pero no tienes de qué preocuparte, ha dejado muy claro que ya no piensa en mí de ese modo. Lo que teníamos ha desaparecido.

–¿Estás segura de eso?

–Sí, lo estoy –dijo con grave decisión.

–Es lo mejor, cariño –Anna no intentó ocultar su alivio–, después de las fotografías y demás.

Melody estuvo a punto de admitir que creía que las fotografías se habían sacado de contexto, pero se contuvo justo a tiempo. Por el momento, era suficiente que su madre aceptara que Zeke volviera a la vida de su hija; en otra ocasión, le confesaría que ya no creía en su culpabilidad.

–Mamá, tengo que irme. Prometí a unas amigas que iría a comer con ellas si no tenía que trabajar –lo cual era cierto–. Te llamaré mañana.

Después de despedirse, Melody colgó el teléfono y se quedó mirando al vacío durante cinco minutos. Los últimos seis meses sin Zeke habían sido terribles, pero al menos había tenido una cierta tranquilidad; en aquel momento, el mundo se había vuelto otra vez del revés, y sentía como si estuviera en el ojo de un huracán. Un paso en falso y sería arrastrada hacia el vórtice, y ¿quién sabía si sobreviviría a la caída cuando finalmente saliera despedida del remolino?

Y con tan buen ánimo se levantó y fue a prepararse para salir a comer con sus amigas.

Capítulo 4

ZEKE llegó pronto, y media hora era mucho tiempo cuando una persona se había quedado dormida de puro agotamiento y acababa de despertar quince minutos antes. Melody oyó su voz por el interfono con una sensación de fatalidad. Llevaba puesto el albornoz, y aún estaba húmeda por la ducha rápida que se había dado, despeinada y sin un gramo de maquillaje. Afortunadamente, sabía qué se iba a poner. Contempló el escotado vestido de lana color crema, que pensaba combinar con un ancho cinturón de cuero y con unas sandalias de color canela. La prenda no parecía gran cosa hasta que estaba puesta; entonces se ceñía a los lugares adecuados, y el ligero vuelo de la falda enfatizaba la esbelta figura que el cinturón revelaba. Zeke no se lo había visto puesto, y Melody quería producir el máximo efecto aquella noche; al menos ése había sido el plan, porque en aquel momento iba a verla hecha un desastre.

—¿Melody? —su voz era paciente—, ¿puedo subir?

—¿Qué? Oh, sí, claro, sube —dijo, muy nerviosa—. Aún no estoy lista... me he dormido.

—Está claro que la idea de salir con tu ex te llenaba de emoción.

Aunque su tono era tranquilo, sonaba irritado; Melody lo encontró alentador, aunque no se detuvo a analizar por qué mientras se apresuraba a peinarse un poco antes de que él llegara. Le había dejado la puerta abierta, y poco después Zeke estaba en el umbral.

–Hola –saludó sonriente, enarcando una ceja–. Iba en serio lo de que no estabas lista, ¿verdad?

Ella se ruborizó. La mirada dorada parecía traspasar los pliegues del albornoz, y de repente su desnudez bajo la tela le resultó violenta.

–Me quedé dormida –volvió a repetir inútilmente, antes de recuperar la compostura lo suficiente para decir–: siéntate y te traeré un café.

Mientras lo preparaba, decidió que tendría que arreglarse en el baño; no tenía otra opción, porque no pensaba pasearse delante de Zeke desnuda. Sospechaba que él sabía lo que sentía, y que se lo estaba pasando en grande. Qué ironía, que se mostrara tan inflexible y difícil con ella, cuando antes había sido tan dulce. «Debe de sentir un gran rencor hacia mí», pensó con amargura, aunque seguramente ella se portaría igual si hubiera sucedido al revés. Decidió dar el paso antes de poder echarse atrás; mientras le alcanzaba una taza humeante, dijo:

–Zeke, quiero que sepas que sé que me equivoqué con lo de las fotografías y todo lo demás. No creo que tuvieras una aventura con Angela.

Él no respondió, sólo aceptó el café y se quedó quieto en su asiento, observándola con serenidad; tras unos momentos, Melody continuó, incómoda:

–Sólo quería que lo supieras.

–No tienes que mentir, Melody –su voz era completamente inexpresiva–. Te he dicho que me ocuparé del caso de tu madre.

–No lo digo por eso –le dolió que pensara así.

–Entonces, ¿por qué lo dices? –preguntó él en voz baja, impasible ante su indignación.

–Yo... he tenido tiempo de pensar –consiguió decir ella con voz insegura.

–Y si tu madre no hubiera tenido problemas con el negocio te habrías puesto en contacto conmigo, ¿verdad? –dijo con un bufido–. No lo creo. Ayer, tanto en la casa como cuando salimos, aún estabas en pie de guerra.

–Sí, lo sé, porque no me había dado cuenta... –su voz se apagó. Podía hablar todo lo que quisiera, pero él no la creería. Lo leía en sus ojos–. Mira, no me gusta nada...

–No te gusta la posición en la que te encuentras respecto a mí –interrumpió él, y añadió inflexible–: pero todo tiene un precio en esta vida.

–Te pagaremos; pensaba que lo habíamos dejado claro –había estado a punto de decir que no le gustaba nada el mal ambiente que había entre ellos, y que sabía que era culpa suya, que daría lo que fuera por deshacer el daño que había causado, pero después de las palabras de él no pensaba hacerlo. Zeke no quería escucharla, lo había dejado claro, y ella no estaba dispuesta a arrastrarse, ni siquiera por él–. No sé por qué tienes que ser así –dijo sin más.

–¿Ser cómo? –su mirada volvió a recorrer el rostro femenino–. He aceptado defender a tu madre, te he invitado a cenar y a una fiesta, en calidad de amigos, no lo olvides. No estoy insistiendo en que acabemos en la cama esta noche; no creo que lo que he hecho sea tan terrible. Es cierto que me he aprovechado de una cierta ventaja, pero no habrías salido conmigo de otra forma. Por el momento, me satisface llevar del brazo a una hermosa acompañante sin riesgo de enredos amorosos. Sin importar tu opinión, me lo debes.

No podía creer que fuera Zeke quien hablaba; él siempre había sido apasionado, cariñoso y sensual. A veces sus caricias la habían llevado al borde del éxtasis, y sólo su deseo de esperar hasta la noche de bodas había impedido que consumaran su amor. Pero todo había desaparecido; ¿había habido amor, o Zeke lo había confundido con deseo? Quizás se había dado cuenta al separarse, quizás ella le había hecho un favor. Melody contuvo las amargas lágrimas hasta que pudiera escapar al refugio del baño; tras recoger sus cosas, sólo comentó brevemente:

–Estaré lista en cinco minutos –y salió de la habitación.

Ya en el baño, se negó a dar paso al llanto; ya había llorado bastante durante los meses anteriores. Se acabó. Zeke estaba esperando, y no pensaba volver con los ojos rojos.

Se puso el vestido, el cinturón y las sandalias, antes de hacerse un elegante moño que le rozaba los hombros. Aunque no solía llevar demasiado maquillaje, aquella noche, como la anterior, se esforzó un poco más; aplicó sombra de ojos y una segunda capa de rímel, además de un nuevo pintalabios color ciruela que había comprado la semana anterior. Cuando acabó, se quedó un momento mirándose en el espejo. Aparentaba frialdad y compostura, y volvió a asombrarse de que su agitación no fuera visible. Pero había sido Zeke quien había iniciado el despertar de sus emociones; aunque la intensidad de sus sentimientos la había aterrorizado, se había enamorado perdidamente de él desde el primer momento. De hecho, no había disfrutado de un momento de paz desde que lo conoció. Había creído que el amor sería una experiencia maravillosa, excitante y mágica, y así había sido; sin embargo, no había anticipado la otra cara de la moneda: una corrosiva ansiedad y un miedo subyacente de que algún día la abandonara por otra persona.

–¿Melody? Supongo que eres tú, ¿no? ¿Vas a tardar mucho?

La voz de Caroline la arrancó de su ensoñación. Abrió y sonrió a la pelirroja.

–Ya me iba –dijo.

–¡Vaya, estás fantástica! –los ojos azules de Caroline estaban abiertos como platos, y su tono era alegre cuando exclamó–: ¡no me lo digas, tienes una cita! Ya era hora. Te dije que tenías que volver a salir ahora que Don Bragueta es historia, ¿a que te lo dije?

Don Bragueta era el apodo que Caroline le había puesto a su prometido tras la ruptura; cuando Melody había preguntado la razón, la pelirroja había anunciado que se debía a que Zeke era incapaz de mantener cierta parte de su anatomía dentro de los pantalones.

–Sí –murmuró Melody con intención–. Unas diez veces por semana, si mal no recuerdo.

–Me alegra que me hayas hecho caso –Caroline le dirigió una gran sonrisa–. Hay tantos peces por ahí, que no me gustaba verte en la orilla cuando tendrías que estar nadando por las profundidades. Y hablando de nadar... –bajó la voz, mirándola con ojos chispeantes–. Tendrías que ver al tío que tengo en mi cama; es una mezcla entre George Clooney y Orlando Bloom, con un toque de Brad Pitt. Y es insaciable –puso los ojos en blanco con expresión pícara–. Llevamos desde las diez de anoche en la cama, y no he dormido nada. Estoy hecha polvo.

Melody no pudo evitar reír. A Caroline le encantaba escandalizar, y siempre decía las cosas más chocantes. Aunque tenía un buen sueldo, parecía tener un agujero en el bolsillo, y siempre estaba llamando a su puerta para pedir algo. Era divertida, simpática y leal, y eran buenas amigas. Melody decidió que tenía que decirle quién era su cita; la reacción de la pelirroja fue la esperada: un reflejo de la de su madre, aunque expresada de otra manera.

–¡No, el mismísimo Don Bragueta no! –gimió Caroline–. ¿Qué cuento te ha endilgado esta vez?

Antes de que Melody pudiera contestar, la pelirroja continuó:

–Apuesto a que ha sido todo un cuento de hadas, y hasta con algún que otro diamante del príncipe encantador. No puedes dejar que te la vuelva a pegar, Melody.

–No ha sido así.

–Siempre es así con los tipos como él –dijo Caroline con firmeza–. Creen que sólo tienen que presentarse convenientemente arrepentidos e inocentones para que una caiga en sus brazos.

–Fui yo quien se puso en contacto con él –explicó Melody apresuradamente, la única forma de poder meter baza. Su afirmación pareció dejar muda a Caroline, por lo que pudo continuar–: por un caso que quería que aceptara.

La pelirroja enarcó las cejas, y Melody insistió:

—Te estoy diciendo la verdad. Mi madre tiene un problema muy grave, aunque no es culpa suya, y le pedí a Zeke que nos ayudara. Es muy bueno en su trabajo.

—Eso nunca se ha puesto en duda —contestó Caroline, arrastrando las palabras—. Sólo digo que lo que quiere es trabajarte a ti.

—No es así —reiteró Melody, su voz poco más que un susurro mientras miraba con aprensión hacia el rellano de su puerta cerrada. No quería que Zeke oyera nada de aquello—. Ha aceptado el caso, y ahora sólo nos vemos en calidad de amigos; eso es todo.

Caroline hizo una mueca con los labios que lo decía todo.

—De verdad —Melody dudó—. Él... bueno, Zeke ha dejado claro que no quiere retomar las cosas. De momento no quiere tener una relación, y de todas formas yo sería la última de la lista.

Caroline se la quedó mirando con gesto sorprendido.

—¿Eso es lo que te ha dicho? Cariño, hace seis meses el tipo estaba loco por ti, aunque no pudiera evitar algo tan típico del ego masculino como echar una canita al aire. No me digas que un macizo de sangre caliente como Zeke va en plan platónico, porque no me lo trago.

—No creo que lo hiciera. No creo que echara una cana al aire —la voz de Melody era casi inaudible—. Me equivoqué en lo de la aventura con su secretaria.

—¡Lo sabía!

La exclamación fue tan fuerte que Melody dio un respingo y miró de nuevo hacia la puerta. Afortunadamente, permaneció cerrada. Caroline continuó:

—Sabía que tarde o temprano te engatusaría. Eres demasiado buena, ése es el problema. Mel, te rompió el corazón, ¿se te ha olvidado? —preguntó en un susurro furioso cuando Melody intentó acallarla—. Escúchame bien... —tras aferrarla del brazo la metió en el baño y cerró la puerta antes de decir—: si lo ha hecho una vez, volverá a hacerlo. Siempre pasa, con esa clase de tipos.

—No es de esa clase de hombres, pero me he dado cuenta demasiado tarde. Creo que le hice mucho daño al acusarlo de tener una aventura con Angela.

—¿Lo dañaste a él, o a su orgullo? —preguntó Caroline, inflexible—. Puede que simplemente no le gustara que, por una vez, lo hubieran pillado.

—No, anoche salimos a cenar...

Caroline gimió, pero ella la ignoró y siguió hablando:

—Me contó su versión de los hechos, y lo creí; también dejó claro que no tenemos ningún futuro.

—Entonces, ¿por qué ha vuelto a aparecer esta noche?

—Necesitaba que alguien lo acompañara a la fiesta de un amigo suyo.

—¡Venga ya!

—Mira, tengo que irme —Melody tocó el brazo de su amiga, y su voz era suave al decir—: gracias por preocuparte, pero te equivocas con él. Yo te induje a error, antes te caía bien, ¿te acuerdas?

—Mel, no hay mujer en el mundo que pueda resistirse si Zeke quiere caerle bien. Puede resultar irresistible, lo admito, pero hará falta más que una conversación durante la cena para convencerme de que no volverá a tener problemas para mantener la bragueta cerrada. Pero si estás segura de que se ha acabado todo entre vosotros...

—Lo estoy —contestó Melody con tono firme.

—Entonces supongo que no tengo nada de qué preocuparme —dijo Caroline... con tono preocupado—. Mira, Juan se irá mañana. No te rías, es su nombre de verdad, pero sin el «Don» delante; es español. Así que pásate a tomar un café, ¿vale? Podemos tener una charla de chicas.

—Genial. ¿A eso de las once? —contestó Melody, intentando mostrar algo de entusiasmo.

Cuando volvió al apartamento, Zeke estaba hojeando una revista. Levantó la vista cuando la oyó entrar y la miró con ojos inescrutables.

—Siento haberte hecho esperar —dijo ella con tanta

tranquilidad como pudo. Era irritante que le hubiera dado un vuelco el corazón nada más verlo, pero siempre había tenido aquel efecto sobre ella; «sobre ti y sobre el resto del género femenino», pensó con tristeza.

–No pasa nada.

Zeke continuó mirándola con atención, sin sonreír, y Melody se sintió muy torpe mientras iba a buscar su bolso y una fina chaqueta de verano. Él tenía un aire intenso y pensativo y estaba devastadoramente sexy, y ella se preguntó por enésima vez lo que sentiría una mujer al perder su virginidad con un hombre tan viril y experimentado como él. Qué sentiría ella. Pero jamás lo sabría, y no podía culpar a nadie más que a sí misma.

–¿Has avisado a Brad de que voy contigo? –preguntó, intentando que su mente no siguiera caminos prohibidos.

–No –contestó él mientras iba hacia la puerta–. He pensado sorprender a todo el mundo.

Genial. Bueno, al menos la entrada espectacular estaba garantizada, aunque eso sólo empeoraba las cosas. Tanto Brad como el resto de los amigos de Zeke debían de considerarla el enemigo público número uno por cómo había roto su compromiso.

–Quizás sea más apropiado decir que «horrorizaremos» a todo el mundo, ¿no? –dijo en un intento fallido de parecer indiferente–. Seguramente me odian.

Sus ojos eran dorados, imperturbables, y su firme boca se torció en una sonrisa cínica.

–¿De verdad te importa lo que Brad o los demás piensen te ti? –preguntó con suavidad.

Ella lo miró boquiabierta. Debía de considerarla dura como el pedernal.

–Sí, la verdad es que sí.

–Quédate tranquila, ni siquiera Brad se atrevería a decir algo para molestarte; piensen lo que piensen cuando nos vean juntos, todos serán amables. Saben que no toleraré otra cosa.

¿Creía que aquello la reconfortaba? De pronto se sintió furiosa por la situación en que la había colocado a propósito, y con voz cortante dijo:

–Si es así, estoy segura de que disfrutaré de la velada.

–Y yo también –murmuró él.

Los músculos de Melody se tensaron. Estaba jugando con ella al gato y el ratón, pero no podía impedírselo. Había intentado decirle que sabía que se había equivocado, pero Zeke no la creía y ella se negaba a ponerse de rodillas y suplicar.

No fue consciente de que cuadró los hombros y levantó la barbilla, pero el hombre que la observaba tan de cerca captó el sutil lenguaje corporal. Mientras bajaban las escaleras, Zeke tuvo que admitir una reacia admiración; Melody tenía agallas. Se le hizo un nudo en el estómago cuando le llegó el exótico y sensual aroma de su perfume; nunca había puesto en duda su coraje, era una de las cualidades que habían hecho que se enamorara de ella, además de su calidez, su fortaleza, su dulzura, su belleza... cortó en seco aquellos pensamientos, recordándose implacable que su ternura escondía una determinación que podía llegar a ser tan dura como el acero. La mujer enfurecida de ojos coléricos que se había enfrentado a él seis meses atrás era tan dulce como un tanque blindado, e igual de dispuesta a entrar en razón.

Cuando llegaron al vestíbulo y salieron a la calle la tomó del brazo, y las ingles de Zeke se tensaron ante la suavidad de su piel y la manera en que el suave cabello acariciaba las curvas de sus hombros. Ya no estaba enteramente seguro de hacia dónde iba todo aquello, o de qué era lo que quería de ella, pero fuera lo que fuese, sabía que la venganza jugaba sólo una pequeña parte.

Capítulo 5

PARA cuando llegaron a la fiesta, Melody era un manojo de nervios. La cercanía del cuerpo masculino en el reducido espacio del deportivo era, cuanto menos, desconcertante. En el pasado, cuando salía con Zeke, Melody había visitado en numerosas ocasiones el flamante apartamento de soltero que Brad tenía cerca de la calle Strand; sin embargo, cuando el abogado la ayudó a bajar del coche vio con sorpresa que delante de la casa había un cartel de *vendido*.

—Ese cartel no es de la casa de Brad, ¿verdad? —preguntó mientras se dirigían hacia el edificio—. ¿Se muda?

La casa se había dividido en dos grandes apartamentos años atrás; Brad vivía en el de abajo, que estaba formado por un piso inferior y la planta baja, y los dos pisos superiores pertenecían a otro soltero empedernido. Las fiestas que organizaban eran legendarias.

—Dentro de unas semanas se muda a una casa en el barrio de Streatham —dijo Zeke mientras llamaba a la puerta.

Melody se lo quedó mirando, sorprendida.

—¿Se va del apartamento? Pero le encanta vivir aquí, ¿por qué se muda?

—Su prometida no quería iniciar su vida de casados en una casa por la que han pasado varias mujeres a lo largo de los años —contestó él con sequedad.

—¿Su prometida? —cuando dejó a Zeke, Brad era aún un mujeriego para quien asentarse con una mujer era sinónimo de condena.

–Conoció a Kate un par de semanas después de nuestra ruptura, y fue amor a primera vista por ambas partes –contestó Zeke, sonriendo ante su evidente sorpresa–. Con treinta y cinco y treinta y siete años respectivamente, no querían perder más tiempo. El reloj biológico de Kate se disparó en cuanto vio a Brad, y quieren formar una familia; se mudan a una casa tradicional de tres dormitorios, y esperan que pronto lleguen los niños.

Melody se dio cuenta de que se había quedado con la boca abierta, y la cerró de golpe. Podría haber jurado que Brad seguiría soltero hasta el fin de sus días. Con voz débil, dijo:

–Pero adoraba su apartamento.

–Su amor por Kate es mayor.

Se abrió la puerta, y allí estaba Brad, con el brazo alrededor de una morena alta y esbelta que debía de ser Kate. Melody compadeció al mejor amigo de Zeke; por su expresión, no tenía ni idea de que ella había vuelto a la vida de Zeke, aunque fuera de forma temporal.

–¡Melody, menuda sorpresa! –Brad se recuperó con rapidez; sus ojos volaron por un momento al rostro impasible de Zeke, y luego volvió a mirarla–. No conoces a Kate, ¿verdad? Kate, ésta es Melody. Ella es... –dudó por un momento.

–Soy una amiga de Zeke.

Melody estrechó la mano de la otra mujer; se dio cuenta de que Brad le había hablado de ella anteriormente, ya que los ojos de la morena se habían agrandado con sorpresa al oír su nombre.

–Sólo una amiga –añadió. Deseaba evitar que Brad malinterpretara la situación, pero también quería demostrarle algo a Zeke, aunque ni ella misma supiera el qué.

–Ven a tomarte algo –dijo Kate.

La morena la guió a través del gentío sin esperar a ver si los dos hombres las seguían, y Melody podría haberle dado un beso de agradecimiento por facilitar las cosas. Con los brazos enlazados caminaron hacia el bar, que era el orgullo de Brad y estaba tan bien abastecido como el de cualquier club. Melody pidió un vaso de vino, y una vez que se lo sirvió, Kate comentó:

—Creo que esto es lo que Brad va a echar más de menos; le encanta pavonearse en las fiestas, y el bar es su plato fuerte.

—Puede construir otro en la nueva casa —sugirió Melody, agradecida porque la morena no la había abandonado en cuanto le hubo servido la bebida y no hacía preguntas incómodas.

—Por encima de mi cadáver —sonrió abiertamente—. Puede llegar a ser un buen padre de familia, pero cuantas menos tentaciones tenga a su alcance, mejor.

—¿Tú también has vendido tu casa? —preguntó Melody, sonriendo con timidez.

Lo dijo para mantener la conversación; había notado más de una mirada en su dirección, y cómo el murmullo de las conversaciones se había detenido brevemente cuando había entrado en la habitación. Kate asintió y contestó:

—Un pisito de una habitación, nada que ver con esto; se vendió en veinticuatro horas. Vivo en casa de una amiga hasta la boda, no me quedaría aquí ni por todo el oro del mundo.

Melody podía entenderla.

—¿Cuándo es la boda?

—¿No te lo ha dicho Zeke?

Los dos hombres acababan de llegar a donde ellas estaban, y Kate dijo:

—Zeke, ¿no has invitado a Melody a la boda? Tienes que venir, Melody, es completamente informal. Nos casamos en un barco en el Támesis dentro de dos semanas, nos lo pasaremos muy bien. Zeke es el padrino, y mi hermana me entregará. Mi perra es la única dama de honor; es una pequeña cocker spaniel, y le hemos comprado un vestidito de encaje precioso.

Melody miró a Brad; en su atractivo rostro había una

sonrisa bastante tontorrona, y estaba claro que no podía quitarle los ojos de encima a Kate. «Está completamente enamorado», pensó con cierta sorpresa, ya que la morena no era el tipo de mujer que solía atraer al amigo de Zeke. Siempre había sentido inclinación por las rubias, preferentemente bien dotadas de pecho. Kate era alta y delgada, con una figura juvenil y un rostro más atractivo que hermoso.

El corazón de Melody latió con fuerza cuando Zeke la tomó del brazo y la atrajo hacia su costado con gesto despreocupado.

–No es mala idea, Kate –dijo él con voz perezosa–. Ya sé que el padrino suele acompañar a la dama de honor, pero preferiría bailar toda la noche con Melody, por muy guapa que esté Bizcochito con su traje nuevo. ¿Qué te parece, Melody? –añadió, con un brillo diabólico en la mirada–. ¿Te apetece pasar el día con un viejo amigo?

Pensaba que declinaría la invitación con una excusa, lo leía en su rostro. Melody sintió cómo se sonrojaba mientras los tres la miraban. Era intensamente consciente de la mano de Zeke sobre su brazo, y de su muslo musculoso mientras la sostenía contra su cuerpo; el aroma de su loción, una mezcla de lima y algo sexy, tenía el efecto más extraño en su corazón. Por un momento, el deseo de borrar de su rostro aquel gesto burlón resultó casi abrumador. La exasperaba que creyera que la conocía como la palma de su mano, sobre todo porque su primer impulso había sido hacer lo que él esperaba y rechazar la invitación. Se oyó decir con voz alegre:

–Me encantaría ir, Kate. Acuérdate de darme la lista de bodas.

–Oh, no te preocupes por eso –Kate parecía encantada, y Brad perplejo–. Zeke ya ha tirado la casa por la ventana y nos ha pagado la luna de miel: diez días en Venecia.

–¿Qué se le puede regalar a una pareja que lo tiene todo? –intervino Zeke con voz afable.

–Aun así, me gustaría ver la lista –dijo Melody con firmeza–. Me sentiría incómoda si no os regalara nada; estoy segura de que lo entendéis.

Kate volvió a echarle una mano.

–Claro –dijo con naturalidad mientras tomaba a Brad del brazo–. A mí me pasaría igual. Pero no tenemos una lista oficial... ¡todo ha sido tan rápido! Sorpréndenos con cualquier detalle, y estaremos encantados. Por si te sirve de ayuda, la nueva casa tiene jardín y nos faltan las herramientas; siempre que no te importe comprar algo práctico, claro...

–En absoluto –Melody sonrió–. No querría que acabarais con un montón de jarrones.

Kate continuó hablando durante un rato de su nueva casa, y Melody respondió lo más naturalmente posible, pero sentía una gran tristeza. Zeke y ella habían hablado de comprar una casa en las afueras de Londres en el futuro, pero habían acordado que cuando se casaran, ella se mudaría al espacioso apartamento que él tenía cerca de su oficina. Ella no había tenido dudas al respecto; sólo quería estar junto a él, y estaba de acuerdo en que después sería divertido ir en busca de una casa nueva juntos. Contemplar la felicidad de Kate le hacía recordar infinidad de momentos emotivos que se había esforzado en olvidar durante los últimos seis meses.

Al cabo de un rato, Kate y Brad los dejaron para charlar con los demás invitados; Melody se volvió hacia Zeke, y le dijo en voz baja:

–Brad ha cambiado.

–¿Para bien? –preguntó él con suavidad.

–Creo que sí. Kate va a ser muy buena para él –contestó ella.

–Y esperemos que él también lo sea para ella.

Melody asintió, pero no dijo nada. No podía. La aterrorizaba humillarse echándose a llorar.

–Tú también has cambiado –comentó Zeke tras una breve pausa.

Ella respiró hondo y eliminó cualquier posibilidad de llanto a base de pura fuerza de voluntad.

–¿Para bien o para mal? –preguntó. Intentó hablar con voz despreocupada, ya que no quería que él supiera la importancia que su opinión tenía para ella.

Zeke tomó un sorbo de vino antes de responder con voz inexpresiva.

–Creo que tanto en un sentido como en el otro.

Ella volvió la vista hacia su rostro, y descubrió que los ojos ambarinos la estaban esperando.

–¿Cómo, exactamente? –no quería saber la respuesta, pero tenía que preguntarlo.

–Pareces más segura de ti misma de lo que recordaba –dijo lentamente–. Eso es algo positivo; me di cuenta en la casa, con tu madre, y lo he notado en varias ocasiones más.

Melody no quería decirle que se equivocaba, que desde que había vuelto a su vida ya no estaba segura de nada, ni siquiera de sí misma.

–Quizás sea el nuevo trabajo –sugirió con cautela–. Conlleva más responsabilidad.

Él inclinó la cabeza y apuró el vaso de vino antes de decir:

–A lo mejor.

Ella lo miró fijamente.

–¿Y lo malo?

Él se quedó inmóvil por un momento y después se encogió de hombros.

–Olvídalo –dijo con voz suave.

–Me gustaría saberlo.

Vio cómo él respiraba hondo y parecía escoger cuidadosamente las palabras antes de decir:

–Pareces más reservada, menos... cálida. Como si faltara algo.

Él se había girado para contemplar la sala mientras hablaba, y Melody se alegró de ello. Se quedó mirando su duro perfil mientras su mente gritaba: «¡Tú! ¡Tú eres lo que falta, no lo ves?».

–Han sido seis meses muy duros –admitió ella.

Intentó mantener la voz calmada e inexpresiva, pero debió de temblarle un poco, porque la mirada masculina volvió inmediatamente a su rostro.

–Por culpa del trabajo, ¿no?

«Al cuerno con el trabajo», pensó Melody antes de contestar:

–No exactamente –no podía soportar aquello, no podía. Tomó un gran trago de vino y alargó el vaso vacío–. Tengo que ir al baño; vuelvo en un minuto.

Su repentino anuncio pareció dejarlo perplejo, pero se recuperó rápidamente y preguntó:

–¿Te sirvo otro vaso de lo mismo?

–Sí, por favor –Melody se volvió y fue casi corriendo a refugiarse en el baño.

¿Qué significaba todo aquello? Los ojos de Zeke siguieron fijos largo rato en el punto donde Melody había desaparecido de su vista. ¿Lo había echado de menos? ¿Era eso lo que había insinuado? Si era así, no había bastado para que contactara con él, ni para que aceptara hablar las cosas y permitirle exponer su versión de la historia.

Volvió a llenar los vasos antes de encontrar un rincón tranquilo cerca de una ventana, donde se mantuvo de espaldas a la habitación y a sus ocupantes. Cuando pensaba en cómo habían confiado el uno en el otro, cómo habían construido sus sueños de futuro, cómo habían hablado de sus miedos y sus esperanzas... al menos él. Zeke frunció el ceño. Siempre había intuido que ella no se entregaba del todo, pero había pensado que sería diferente cuando se casaran, cuando pudiera demostrarle sin reservas lo mucho que la amaba, lo mucho que significaba para él.

A pesar de que ella había elegido una profesión exigente y a menudo agotadora, siempre le había parecido infinitamente frágil; había querido protegerla, cuidarla para que nadie pudiera hacerle daño. Hizo un gesto impaciente, irritado con la dirección que estaban tomando sus pensamientos. Por eso se había sentido como un tonto cuando Melody le había demostrado que no le necesitaba. Fue capaz de alejarse de él sin mirar atrás, cuando en el fondo de su alma, Zeke sabía que él no habría podido dejarla marchar, sin importar lo que ella hiciera. «Maldición». Su boca se endureció; quien dijo que los hombres hacían el ridículo por amor, tenía toda la razón.

Se mostraba tan distante con él... Zeke se volvió y contempló la habitación; su aspecto taciturno y sombrío se encargaba de que nadie cometiera el error de intentar entablar conversación con él. Sin embargo, Melody no se comportaba así con el resto de la gente; sin ir más lejos, había simpatizado de inmediato con Kate, y sabía que su ternura innata hacía que fuera muy buena en su trabajo. Tenía la habilidad de hacer que los demás se sintieran a gusto y se abrieran a ella.

¿Cómo podía pensar siquiera que se acostaría con otra mujer, cuando su compromiso con ella era absoluto? Se le retorcieron las entrañas.

Una vocecilla le recordó que Melody había reconocido su equivocación, pero ¿podía creerla? No, ni por un momento. Mientras hablaban en la puerta de su madre, y la noche anterior en la cena, tanto su rostro como sus palabras habían dejado claro su desprecio hacia él. Zeke intentó dejar la mente en blanco; estaba en una fiesta, por el amor de Dios, celebrando la despedida de Brad del apartamento y su entrada en una nueva vida y un nuevo hogar. No era el momento de sumirse en mórbidas reflexiones.

Aún podía desquitarse. Recorrió la habitación con los ojos, con la mirada perdida. Vengarse de ella no le proporcionaba ninguna satisfacción; la atracción que sentía por ella se negaba a desaparecer, y era tan poderosa como siempre. Aunque le disgustaba admitirlo, ella le afectaba como ninguna otra mujer podría hacerlo jamás.

Siempre había despreciado a los hombres que se dejaban pisotear por sus parejas, pero allí estaba él, a punto de dejar que le pasara... no, no lo permitiría. Su cuerpo entero se tensó. De todas formas, Melody ya no era su pareja; entonces, ¿qué papel tenía en su vida? ¿Era una amiga? Sonrió con cinismo. Qué tontería.

–Estás envuelto en un aura negra que está aterrorizando a mis invitados.

La voz de Brad lo devolvió a la realidad, y Zeke miró a su amigo con sorpresa; había estado tan inmerso en sus sombríos pensamientos, que la habitación y sus ocupantes habían desaparecido.

–No tendrá nada que ver con tu acompañante, ¿verdad? –continuó Brad secamente–. ¿Cuándo habéis vuelto?

La sonrisa de Zeke no se reflejó en sus ojos.

–No imagines más de lo que hay; Melody me pidió que representara a su madre, eso es todo. Anna tiene problemas, y yo accedí a ayudarla.

–Eso es muy magnánimo de tu parte, teniendo en cuenta tu historia con la malvada bruja –comentó Brad, enarcando las cejas–. Imagino que disfrutarás haciendo que sufra un poco.

Melody reapareció en el otro extremo de la sala en aquel mismo instante, y mientras Zeke la contemplaba, Brad miró del uno a la otra.

–Ya veo –murmuró para sí.

–¿Qué crees que ves? –preguntó Zeke con irritación–. No –levantó la mano cuando Brad fue a contestar–, pensándolo bien, no quiero saberlo. Pero sea lo que sea, te equivocas. No hay nada entre Melody y yo, nada excepto amistad.

Mientras pronunciaba las palabras, Zeke sabía que Brad no lo creería; se conocían desde hacía mucho tiempo, y el uno sabía si el otro era poco sincero. Melody llegó hasta ellos, y tras aceptar con una sonrisa la copa que Zeke le ofrecía, empezó a hablar con Brad sobre su futuro matrimonio. Se fue sumando gente, y pronto se hubo formado un grupo con viejos amigos.

Melody estaba sorprendida de lo fácil que era estar con todo el mundo... menos con una persona en particular. Tenía cuidado de mantener la mirada apartada de Zeke, pero era consciente de cada uno de sus movimientos, de cada inclinación de la cabeza, de cada sonrisa. Estaba más relajado que cuando habían llegado, con el rostro animado e incluso un poco travieso mientras discutía sobre fútbol con uno de sus amigos. Estaba para comérselo.

El resto de la velada transcurrió bastante bien, sobre todo porque no estuvieron solos en ningún momento. Melody no podía evitar que sus ojos se desviaran a menudo hacia Zeke. Sabía que muchas otras mujeres tenían la mirada puesta en él, pero aquello no era nada fuera de lo común; siempre había sido así, aunque nunca se había acostumbrado. Y no es que él hubiera respondido jamás a las sonrisas y las insinuaciones de otras mujeres, pero aun así la habían molestado.

Eran más de las dos cuando salieron del apartamento de Brad; en algún momento de la velada, Melody aceptó cuidar de la perrita de Kate durante el gran día si fuera necesario.

—Mi madre se la quedará mientras estemos en Venecia —había explicado Kate—, pero el día de la boda quiere disfrutar del papel de madre de la novia, con un elegante traje y un enorme sombrero. Ya está muy decepcionada porque no es una boda de postín en una iglesia y con toda la parafernalia, así que no me atrevo a pedirle que se haga cargo de la perra ese día. Seguramente no tendrás que hacer nada, es muy buena, pero me gustaría saber que hay alguien haciéndose cargo de ella, por si se pone nerviosa o algo así.

Ya en el coche, Melody se reclinó en el asiento con un suspiro. ¿Cómo había llegado al punto de tener que ir a una boda con Zeke de padrino, y a tener que cuidar a la mascota de la novia?

–¿Qué pasa? –Zeke le dirigió una mirada rápida mientras ponía en marcha el coche.

–Nada.

Melody sabía que, como tenía que conducir, Zeke sólo había bebido agua además de un vaso de vino, mientras que ella había apurado imprudentemente varios vasos de un tinto bastante fuerte; eso la ponía en desventaja, ya que el alcohol siempre le soltaba la lengua... de ahí que hubiera aceptado cuidar a Bizcochito. Pero hacerse cargo de una perra era una cosa, y lo que pudiera revelar a Zeke en un momento de debilidad era otra. Ya era bastante malo que él hubiera rechazado su intento de confesarle que sabía que se había equivocado; si él llegara a sospechar que estaba deseando que la besara, se moriría de vergüenza. Pero lo deseaba. Lo deseaba tanto...

–Parecía que lo estabas pasando muy bien en la fiesta.

Melody lo miró de reojo. Llevaba puesta una camisa sin corbata, y los dos botones superiores desabrochados dejaban entrever la sombra oscura del vello de su pecho; los pantalones gris marengo se ajustaban a sus muslos fuertes en el limitado espacio del coche. Melody se alegró de estar sentada, porque le flaquearon las rodillas. Tuvo que humedecerse los labios antes de decir:

–Ha sido muy agradable.

No era del todo cierto. Si hubieran sido pareja, habría sido una velada maravillosa, como todas las que había pasado con él en el pasado. Tal como estaban las cosas, la mezcla de emociones que había sentido durante toda la noche la había dejado exhausta... y muy frustrada sexualmente, admitió reticente. Pero Zeke era el control en persona, un completo desconocido.

¿Por qué mantenía las distancias? Volvió a mirarlo, bastante ofendida, pero de repente la enormidad de su pérdida la inundó y arrasó con la indignación. Qué tonta había sido. Daría lo que fuera por volver atrás en el tiempo, por deshacer su abandono. Se estremeció ligeramente, aunque la noche era cálida y llevaba puesta una chaqueta de lino.

–¿Tienes frío? –Zeke subió la calefacción–, es el cambio de ambiente.

«No, es que ya no me quieres». Melody se hundió en el asiento; de repente se sentía muy sola e insignificante. La necesidad de convencerlo de que sabía que había cometido un terrible error era casi abrumadora, pero sabía por cómo la había rechazado antes que no la creería.

–Voy a intentar arreglar lo de tu madre para que no tenga que ir a juicio, ¿te lo ha dicho? –preguntó él cuando llevaba un rato conduciendo en silencio.

Melody estaba tan tensa que dio un salto al oír su voz, y tardó un segundo en poder responder:

–No, no me ha dicho nada.

–Después de echarle un vistazo a los documentos, diría que la parte contraria tiene una base bastante sólida, pero quizás se avenga a razones. A veces, un pequeño farol puede ayudar bastante –dijo con sequedad–. Comeré el domingo con Anna para discutir los pros y los contras, antes de contactar con el otro abogado.

–¿Has quedado para comer con mi madre? –Melody se lo quedó mirando, boquiabierta. Jamás, ni en sus sueños más alocados, hubiera imaginado que vería tal cosa.

–Es una comida de negocios –aclaró él con voz calmada–. Me espera una semana muy ajetreada, y el domingo era el único día disponible. Fue tu madre quien sugirió la hora.

Una sensación fatalista ocupó el lugar de la sorpresa. ¿Querría su madre sacarle información sobre su relación, con el pretexto de hablar de negocios?

–No te preocupes –dijo él con un toque de diversión en la voz–. Creo que ambos sobreviviremos a la experiencia de vernos sin que estés tú desviando los proyectiles. Quién sabe, a lo mejor incluso nos toleramos –la expresión de su rostro desmentía sus palabras.

–Mi madre... puede ser un poco difícil de tratar –le advirtió ella débilmente.

–No si quiere que me quede –su tono era rotundo–. No tengo por qué aguantar ninguna... –se detuvo bruscamente, y poco después continuó–: basura.

Melody sabía que había estado a punto de decir algo mucho peor; Zeke siguió hablando:

–Por una vez va a hacer lo que se le diga, o tendrá que atenerse a las consecuencias.

La situación tenía todos los ingredientes para acabar siendo un desastre.

–Zeke, mi padre le hizo mucho daño cuando se fue. Está herida...

Él la interrumpió con un tono que no era alto ni agresivo, pero que contenía cierto matiz que tensó los labios de Melody.

–Y ella te ha hecho mucho daño a ti, lo que me resulta inexcusable. Sí, me doy cuenta de que tu padre era un miserable; el que no haya intentado verte nunca es prueba suficiente de ello. Pero su responsabilidad tiene un límite, Melody. Tu madre te ha alimentado desde que naciste a base de inseguridad y desconfianza hacia todos los hombres, y eso es culpa suya, no de tu padre.

–¿Cómo puedes decir eso? –Melody estaba indignada–. Se portó fatal con ella...

–No estoy diciendo lo contrario, ni que ella no tuviera que soportar muchas cosas –interrumpió inflexible–, pero eso no quita que te envenenara la mente.

–No sabes de qué estás hablando –dijo ella con furia–. Por el amor de Dios, tú no estabas allí.

–El amor no tiene nada que ver; dímelo a mí, que soy quien ha pagado los platos rotos.

–Mi madre nunca te cayó bien –acusó ella.

–Eso es cierto –le dirigió una mirada llameante–. Preferiría ser amigo de una boa constrictor. Pero estaba dispuesto a que la relación fuera amistosa y a llevarme bien con ella, por ti. Pero eso pertenece al pasado, ya no importa.

Fue como si la hubiera golpeado en el pecho; Melody tragó con dificultad.

–Ha hecho un trabajo excelente contigo, ¿no lo ves? –siguió él, implacable–. Maldita sea, despierta antes de que tires tu vida por la ventana y te conviertas en una copia de Anna.

–No lo entiendes –Melody luchaba con todas sus fuerzas por contener las lágrimas–. Debajo de esa fachada hay una mujer muy vulnerable; sé que lo que hizo estuvo mal –volvió a tragar, intentando deshacer el gran nudo que le obstruía la garganta–. Pero creyó de forma equivocada que lo hacía por mi bien, realmente pensaba que tenías una aventura con Angela.

–Tú también lo creíste –le recordó él con voz tensa.

Melody levantó la barbilla.

–Sí, es cierto, y no me alcanzan las palabras para decirte lo mucho que siento no haber confiado más en ti –irónicamente, resultaba fácil decirlo una vez llegado el momento–. Te fallé y destrocé lo que había entre nosotros, y no puedo borrar lo sucedido. Lo único que puedo hacer es decirte que no importa lo que pareciera en las fotografías, sé que me equivoqué.

Hubo un silencio profundo y total. Finalmente, Zeke dijo:

–¿Qué ha hecho que cambies de opinión?

Melody tenía que responder con sinceridad.

–No lo sé –admitió con cansancio–, ojalá lo supiera; de repente, anoche me pareció imposible que pudieras hacer algo así.

Volvió a reinar el silencio mientras el coche avanzaba por las calles de Londres. Cuando llegaron a su destino, el ambiente era tan tenso que el aire parecía crepitar. Melody agarraba su bolso con tanta fuerza que tenía los nudillos blancos.

Zeke apagó el motor, y la quietud de la ciudad descendió sobre ellos. Melody no se movió, era incapaz de hacerlo, y no tenía ni idea de qué podía decir o hacer.

Sólo sabía que no quedaba nada más que decir. Al fin, Zeke se movió ligeramente y dijo:

–Te he echado de menos. Te he echado tanto de menos... –«y aún te amo, sé que siempre te amaré. Y la basura que me he ido repitiendo durante los últimos seis meses respecto a haberte olvidado es sólo eso, basura. En cuanto tuve la oportunidad de volver a tenerte en mi vida, fuera cual fuera la razón, la aproveché. Lo que me convierte en un auténtico necio»–. Pero no sé si puedo repetirlo, si puedo volver a donde estábamos.

–Sé que no merezco tu perdón...

–No es eso –Zeke hizo un gesto rápido con la mano–. Créeme, no lo es. Pero creo que a lo mejor volvería a pasar lo mismo. Te torturas a ti misma... –se detuvo en seco.

Melody vio cómo el gato de unos vecinos caminaba por la acera, con la cola erguida y la cabeza alzada en actitud garbosa. «Sin preocupaciones», pensó, envidiando al animal con toda su alma.

–No puedo ir siempre con pies de plomo, Melody –dijo Zeke al fin–. Mirando continuamente por encima del hombro, preguntándome si me he pasado de la raya en cualquier situación que te estés imaginando. Y no se trata sólo de Angela, los dos lo sabemos. Esperabas que te fallara mucho antes de aquello, desde que nos conocimos. Nunca has confiado en mí.

Ella no podía negarlo, porque sabía que era cierto. Lo único que pudo decir fue:

–Lo siento.

–Fue duro perder a mis padres –su voz era suave, controlada–, pero fue aún peor perderte a ti. Sin embargo, tú no sentías lo mismo...

–¡Eso no es cierto! –se volvió hacia él y lo aferró del brazo–. Estuve a punto de enloquecer. No podía comer, no podía dormir...

–Pero no volviste a mí.

–No –dejó caer la mano que lo agarraba.

–Porque estabas completamente segura de que había tenido una aventura; y fue esa actitud la que hizo que siempre mantuvieras una parte de ti fuera de mi alcance.

Ninguno de los dos habló durante más de un minuto; fue Zeke el que rompió el tenso silencio:

–Bueno, ¿y ahora qué hacemos?

Melody no contestó. Él contempló cómo su lengua se deslizaba nerviosamente por el labio inferior, humedeciéndolo. Su cuerpo entero respondió.

–¿Volvemos a empezar? –preguntó con voz muy suave–. ¿Volvemos a salir juntos tomándolo con calma, día a día? Nada excesivamente serio, sin promesas, y... ¿vemos adónde nos lleva?

Era más de lo que Melody había podido soñar. Lo miró a los ojos.

–Sí, por favor –susurró.

–Pero esta vez hablamos las cosas –dijo él con firmeza–. Nada de conclusiones precipitadas, ni de preocupaciones secretas; nada de escuchar a otras personas. Primero vienes a hablar conmigo, y yo haré lo mismo contigo; incluso si no me gusta lo que tengas que decir, te escucharé y lo aceptaré y valoraré tu esfuerzo por sacarlo a la luz. ¿Puedes vivir con eso?

Melody asintió.

–Estoy siendo sincero contigo, Melody. No sé si el amor bastará para arreglar las cosas, pero ahora mismo no puedo alejarme de ti. No quiero hacerlo, nunca lo he querido. Deseo que funcione, pero ahora sé que a veces eso no basta. Pero podemos intentarlo y ver lo que pasa.

Ella volvió a asentir; sus ojos empezaron a verter lágrimas de alivio, de dolor, de un hambre desesperada.

Era cuanto él necesitaba. Zeke inclinó la cabeza y tomó su boca, acercándola a él mientras saboreaba la dulzura que recordaba tan bien. No quería hablar, discutir o racionalizar más. Lo único que quería era abrazarla y sentirla contra su cuerpo. Melody respondió inmediatamente; su boca era ansiosa contra la tentadora lengua

masculina en las sombras del coche, su cuerpo moldeán-
dose al de Zeke cuando se inclinó hacia ella y el beso se
volvió más apasionado. Él dejó escapar un profundo gemido, tomando su cabello entre los dedos mientras la
acercaba aún más.

Las manos de Melody se deslizaron por sus hombros
para aferrarlo contra ella, y cuando Zeke acarició sus pechos, un temblor recorrió el cuerpo femenino. Las grandes manos acunaron sus abundantes curvas a través de la
fina tela que las cubría, y ella se estremeció.

Él se movió ligeramente, y sus dedos volvieron al cabello de Melody mientras profundizaba el beso hasta que
un suave gemido escapó de los labios de ella. La sensación de sus firmes senos contra su pecho era el afrodisía-
co más poderoso, y Zeke necesitó todo su autocontrol
para controlar su pasión. Después de todo, estaban en un
coche, a la vista de cualquiera.

–He ardido por ti...

Su voz era ronca contra los labios de ella; Zeke sentía
el deseo recorrer sus venas, prendiendo fuego a su piel y
excitándolo más y más. Movió las caderas, y la suavidad
femenina se amoldó a su dureza como si formaran un
puzzle humano. Era una tortura exquisita.

–Noche tras noche, he ardido por ti.

Su mente registró el sonido de un coche doblando la
esquina, pero por un momento fue incapaz de reaccionar;
finalmente, apartó su boca de la de ella, tomando una
gran bocanada de aire.

Melody tenía los ojos cerrados. Los abrió lentamente,
desorientada, y sólo cuando él arregló su ropa con ternura y se retiró a su asiento se dio cuenta de que un taxi se
detenía cerca de ellos, con las luces brillando en la oscuridad. Se bajaron dos parejas con un gran alboroto, y
para cuando uno de los hombres hubo pagado al taxista
mientras los otros caminaban entre bromas, Zeke y ella
habían recuperado la cordura. La boca de él se curvó en
una sonrisa torcida.

–Salvados por la campana, o en este caso por los vecinos –dijo con humor.

Zeke bajó del coche y lo rodeó para ir a su lado. Melody lo miró en las sombras de la noche, sin poder creer aún que aquello estuviera sucediendo. El frío y distante desconocido de los últimos días había desaparecido para dar paso al Zeke que conocía, y sin embargo... había algo diferente. Él abrió su puerta, ayudándola a salir con aquel encanto norteamericano a la antigua usanza que tanto la había deleitado cuando habían empezado a salir juntos. Él le había explicado que había vivido en Tejas hasta los veintiún años, y allí los hombres eran hombres y las mujeres eran mujeres, y todo el mundo estaba satisfecho con la situación.

Zeke la abrazó de nuevo y la besó largamente, dejándola acalorada y sin aliento.

–Te acompañaré hasta la puerta de tu apartamento.

–De acuerdo.

¿Querría entrar? Melody esperaba que sí, aunque el deseo que ardía entre ellos hacía que fuera arriesgado. Pero lo deseaba... Dios, cómo lo deseaba. La separación había generado una necesidad que no quedaría saciada con besos y caricias.

Caminaron de la mano hacia la casa, y Melody sentía como si estuviera flotando. Por un lado, quería echarse a reír, y por el otro, quería romper a llorar de la pura emoción que sentía. No hizo ninguna de las dos cosas, y cuando llegaron a su puerta lo miró a los ojos.

–¿Quieres pasar? –preguntó con timidez.

Zeke la miró con una expresión que ella no alcanzó a entender; sus ojos tenían un brillo intenso.

–Me gustaría, pero no –dijo muy suavemente.

–¿Por qué?

–Porque esta noche no puedo fiarme de mi control.

Ella lo miró fijamente, y lo que iba a decir hizo que el corazón se le acelerara.

–A lo mejor no quiero que te controles.

Zeke parecía grande, enigmático y poderosamente atractivo, y tener otra oportunidad con él era un milagro que hacía que le diera vueltas la cabeza.

–Entonces, con más razón aún tengo que rechazar tu oferta.

No era lo que esperaba que dijera, y el rostro de Melody lo reflejó claramente antes de que dijera con un hilo de voz:

–Ya veo.

–No, no lo ves –Zeke levantó su barbilla para que lo mirara a los ojos–. Melody, cuando te conocí no podía creer que aún fueras virgen, teniendo en cuenta tu aspecto y tu dulzura, tu calidez... –se detuvo un momento, luchando por controlarse antes de continuar–: eras natural e inocente en un mundo que no es ninguna de las dos cosas. No aniñada... nada de eso, eres toda una mujer, pero tienes un aire de ternura. Y me gustó tu sueño de vestir de blanco y que realmente significara algo, aunque me causó un enorme problema que innumerables duchas frías no pudieron solucionar.

Se detuvo, besándola apasionadamente antes de continuar:

–Sabes que en el pasado estuve con otras mujeres. En algunos casos tuve que esperar, una semana, un mes; en otros casos... no. Pero tú eras especial, lo nuestro era especial. Por primera vez podía verme compartiendo la vida con alguien, teniendo hijos; tú serías la madre de mis hijos –se detuvo un segundo y sacudió la cabeza–. No me estoy explicando bien. Pero entonces sentía que era lo correcto, que estaba bien que esperáramos.

–¿Y ahora? –preguntó ella.

Había algo en la voz de Zeke que hizo que se sintiera como en el coche; aquél era el hombre que conocía, y sin embargo... había algo diferente en él; una reserva, una cautela... algo.

–Ahora nada es tan sencillo –dijo él con gentileza–. Hoy hemos avanzado mucho, pero sabes tan bien como yo que esto va a llevar su tiempo. Pase lo que pase, no quiero confundir las cosas.

Ella lo contempló, sus ojos enormes en la tenue luz del rellano. Se sentía desorientada y decepcionada, aunque sabía que no tenía derecho.

–Bien, si eso es lo que sientes... –no pudo continuar.

Él pareció estar a punto de decir algo, pero dio un paso atrás y dijo con voz muy controlada:

–Buenas noches, Melody.

–Buenas noches.

«No te vayas. Quédate. Deja que te convenza de que te quiero más que a mi vida, de que nunca volveré a fallarte, de que confiaré en ti pase lo que pase».

Cuando Melody oyó cómo se cerraba la puerta del edificio, aún estaba en el mismo sitio donde él la había dejado, con una mano en el cuello y la otra en el pecho. Miró hacia la puerta de Caroline. ¿Cómo iba a explicarle que Zeke y ella volvían a estar juntos?, pensó aturdida. Por no hablar de todas las dudas que iba a plantear; Caroline era un espíritu libre, y sus estilos de vida eran completamente diferentes. La pelirroja se hubiera acostado con Zeke al momento, y disfrutado la experiencia. Sin preocupaciones ni complejos, sin inhibiciones.

Melody se volvió, abrió la puerta de su apartamento, entró y se quedó de pie en la oscuridad. Su vecina iba a pensar que se había vuelto loca.

Capítulo 6

CAROLINE la sorprendió. Quizás fue porque Melody tenía un aspecto horrible tras pasar la noche sin dormir, analizando cada palabra, cada mirada y cada gesto de Zeke; cuando la pelirroja abrió la puerta, la arrastró hacia el interior de su apartamento y la sentó en el sofá antes de que Melody pudiera decir ni una palabra.

—Sabía que volvería a romperte el corazón. ¿Qué pasó? Ha estado jugando contigo, ¿verdad?

—Te equivocas...

—Dame su número de teléfono, y le cantaré las cuarenta. ¡Vaya un sinvergüenza!

—¡Caroline! —Melody casi nunca levantaba la voz, por eso cuando lo hacía el efecto era mayor—. No hay ningún problema. Se portó bien, muy bien.

—Entonces, ¿por qué pareces un muerto viviente? —preguntó, sin pelos en la lengua.

—Es una larga historia.

—Tengo todo el día.

Caroline se levantó de un salto y fue hacia la cafetera; tras llenar dos tazas y colocarlas en una bandeja, al lado de dos pecaminosos pastelitos de chocolate, volvió al sofá.

—Bueno, ¿qué pasó? —preguntó mientras se dejaba caer al lado de Melody—. Confiésamelo todo, y podrás sacar provecho de mis años de supervivencia en un mundo de hombres.

Melody no pudo evitar sonreír. Quizás fuera un mundo de hombres, pero Caroline había perfeccionado tiempo atrás el arte de saber manejarlos.

Después de varias tazas de café y dos pastelitos por cabeza, Caroline se chupaba los dedos mientras comentaba:

—Así que Zeke tiene las manos limpias y vosotros dos volvéis a estar juntos... más o menos —puntualizó con voz pensativa.

Melody asintió.

—Vale, me lo trago por un momento. Pero no te pases con la culpa, nena. Aquellas fotos eran bastante sospechosas, y cualquiera habría llegado a la misma conclusión que tú.

—Pero otra persona le habría permitido explicar su versión de los hechos antes de abandonarlo.

—Sí, es posible —Caroline suspiró—. Pero ver las cosas después es muy fácil. Más de una vez he ido directa a la yugular, y después me he enterado de que estaba equivocada. Nadie es perfecto. Y, la verdad, aún pienso que tiene suerte de estar contigo.

Melody pensaba que era al revés, pero el apoyo incondicional de su amiga era reconfortante.

—Y va a comer con tu madre —Caroline hizo una mueca—. Hazme caso y ve a verla más tarde, para enterarte de lo que ha pasado, antes de volver a hablar con Zeke. Y te diga lo que te diga Anna, no te lo creas al pie de la letra. ¿Cuándo volverás a verlo?

—No me ha dicho nada.

Caroline frunció el ceño.

—Se está haciendo el duro. Bueno, pues ni te atrevas a comportarte como si estuvieras esperando a que suene el teléfono. Tienes una vida más allá de Zeke Russell, hazte la interesante, no aceptes lo primero que te proponga; que pase un poco de hambre, y pronto estará a tus pies.

Melody no quería tenerlo a sus pies, sólo quería tenerlo. Su rostro debió de reflejar sus pensamientos, porque Caroline se puso de pie de un salto y meneó la cabeza antes de decir:

–Eres un caso perdido. Lo sabes, ¿verdad? Eres demasiado buena, y no puedes permitírtelo al tratar con los hombres. Antes hablaba en serio, ¡tiene mucha suerte de estar contigo! Vas a quedarte a comer y escribirás una lista con sus defectos... pies apestosos, y ese tipo de cosas.

Melody sonrió, pero sabía que no podría pensar ni en un solo punto negativo.

Melody llegó a su apartamento a media tarde. Había decidido seguir el consejo de Caroline e ir a visitar a su madre, por lo que una hora más tarde entraba en la casa de Anna. La encontró en el salón, con una gran cantidad de papeles desparramados en la mesa que tenía delante.

–Hola –se inclinó a darle el beso de rigor, lo único que su madre permitía; como por el camino había decidido que no se andaría por las ramas, preguntó–: ¿cómo fue la reunión con Zeke?

–Bien –contestó Anna, que parecía un poco incómoda.

–Me alegro –Melody esperó unos segundos; cuando no recibió respuesta, preguntó mientras se sentaba en una silla enfrente de su madre–: ¿habéis decidido lo que vais a hacer?

–Sí.

Melody enarcó una ceja.

–¿Vas a decírmelo? –preguntó. Su tono era paciente, pero con un leve matiz exasperado para indicarle a su madre que no apreciaba la tardanza.

–Bueno, Zeke consiguió hablar con Julian, y al parecer le dio un buen susto; insinuó que sabe un par de cosas sobre él que dañarán mucho su imagen si espera a que vayamos a juicio, y sugirió que Julian confesara lo que había hecho. Naturalmente, eso no me exime de toda culpa, pero quizás podamos negociar. Cuando Julian cumpla con su parte, Zeke se reunirá con los abogados de la parte contraria para ponerlos al corriente.

–Bien. ¿Y cuándo va a ser eso?

–Por lo que Zeke comentó, creo que mañana –su madre dejó los papeles que tenía en la mano–. ¿Te apetece un café?

–Sólo si no te importa interrumpir lo que estás haciendo. No tengo por qué quedarme.

–No, claro que no me importa.

Anna se levantó con brusquedad y fue rápidamente hacia la cocina; su actitud no era la fría y controlada de siempre, y Melody frunció el ceño. Levantándose, la siguió hasta la cocina, donde se apoyó contra la encimera mientras observaba cómo su madre preparaba una bandeja.

–¿Qué pasa? –preguntó con voz tranquila–, ¿os habéis peleado Zeke y tú?

–¿Pelearnos? Claro que no. ¿Qué te hace pensar eso? –preguntó, como si la idea fuera ridícula.

–Entonces, ¿qué pasa?

–¿Qué pasa con qué?

–¡Mamá! –Melody respiró hondo y se forzó a bajar la voz–. Estás nerviosa, y tú nunca estás nerviosa.

Al menos, no de cara al exterior; desde pequeña había sabido que su madre ocultaba su nerviosismo, y que la apariencia serena y fría era sólo pura fachada.

–¿Qué ha pasado que yo tenga que saber?

Anna dejó de atarearse con la bandeja, se volvió y contempló a Melody con una expresión que habría sugerido impotencia en otra persona. Pero su madre nunca mostraba indefensión. Jamás.

–¿Y bien? –insistió.

–Él... Zeke... yo no... –Anna agitó las manos en un gesto que delataba claramente su inseguridad; finalmente, consiguió decir–: hablamos. No sólo acerca del caso, también de otras cuestiones. Él... no es como yo pensaba.

–¿En qué sentido? –preguntó Melody con cautela.

–Bueno, esperaba que fuera brutalmente sincero conmigo, al fin y al cabo, nunca nos hemos llevado demasiado bien; sin embargo, aunque fue muy directo, no se mostró tan agresivo como yo esperaba. De hecho, fue...

–¿Qué?

–Amable.

Melody no sabía si quería abrazar a su madre o abofetearla. Respiró hondo.

–Quizás sabrías cómo es Zeke en realidad si en el pasado te hubieras molestado en conocerlo –dijo con rotundidad–. Le dedicabas un par de minutos de vez en cuando, e incluso en tan poco tiempo te las ingeniabas para irritarlo. ¿Recuerdas cómo te dije una y otra vez que te equivocabas con él? Por no hablar de todas las veces que te pedimos que salieras a comer o a tomar algo con nosotros.

–Lo sé –Anna cambió un plato de sitio en la bandeja.

–¿Qué te dijo?

–Insistió en aclarar de inmediato lo de las fotografías, y me dijo sin tapujos lo que pensaba de mi implicación en lo que pasó –levantó la vista para mirar fugazmente a su hija, antes de volver a bajar los ojos hacia la bandeja–. Sin embargo, no mostró agresividad alguna. No intentó manipularme ni convencerme, ni siquiera intentó que lo creyera. De hecho, dijo que la única opinión que le importaba era la tuya; pero quería que conociera los hechos, porque yo...

Anna volvió a vacilar; la expresión de su rostro aumentó el interés de Melody, que la animó:

–¿Porque tú qué?

–Porque yo soy importante para ti. Porque me quieres.

Melody dio un respingo. El tono de su madre era un poco interrogativo, y le dolió terriblemente. Fue hasta ella e hizo algo que no había hecho en años, porque a su madre no le gustaba: la rodeó con los brazos antes de abrazarla con fuerza y besarla brevemente en los labios.

–Claro que te quiero –dijo en voz baja–; te quiero con toda mi alma. ¿Cómo puedes dudarlo?

Anna intentó hablar, pero no pudo; las lágrimas empezaron a derramarse por sus mejillas en una avalancha de emoción contenida.

–Oh, mami...

Melody también se echó a llorar, y el café quedó olvidado mientras se abrazaban por largo rato. Finalmente volvieron al salón, y se sentaron una al lado de la otra mientras se secaban los ojos.

–Mamá, sabes lo importante que eres para mí, ¿verdad? –preguntó Melody.

Anna se secó los ojos con un pañuelo, y negó ligeramente con la cabeza antes de contestar:

–He sido una madre horrible, trabajando a todas horas y pasando muy poco tiempo contigo, pero quería que tuvieras una estabilidad económica. No quería que volviéramos a encontrarnos en la situación en que nos quedamos cuando tu padre se fue. Fueron unos tiempos horribles, y no puedo perdonarme mi actitud. Desde entonces, he intentado ser fuerte por ti.

–Lo has sido.

–Después de lo que te hice pasar, me prometí que no volvería a dejarme vencer por mis emociones delante de ti, para no angustiarte. Te lo debía.

Melody frunció el ceño. Había algo que no acababa de encajar.

–Tenías todo el derecho a estar triste –dijo con voz suave.

–Pero no a hacer lo que hice. Estaba desquiciada, eso fue lo que pasó. Lo único positivo fue que me hizo reaccionar. Cuando desperté en el hospital y me di cuenta de que había estado a punto de morir, de dejarte sola... –Anna volvió a secarse los ojos–. Y entonces tuve que luchar para convencer a Servicios Sociales de que era una buena madre y no volvería a intentarlo.

Fue como si una luz se encendiera en algún oscuro

recoveco de la mente de Melody mientras oía hablar a su madre. El recuerdo que había mantenido enterrado durante tanto tiempo, el incidente que había moldeado su vida sin que fuera consciente de ello, apareció con una claridad diáfana. Podía incluso oler el gas y ver a su madre tumbada en el suelo de la cocina, con la cabeza sobre un cojín apoyado en el horno; podía sentir los dedos de las vecinas en sus brazos mientras tiraban de ella para sacarla a la calle a respirar aire fresco. Tenía cuatro años, y aquella tarde su madre la había mandado a jugar con la hija pequeña de los vecinos. Una hora después, la niña había empezado a sentirse enferma, y Melody había vuelto pronto a casa...

–Intentaste suicidarte –pronunció las palabras como si estuviera inmersa en un sueño.

–Estaba desesperada –susurró Anna con voz rota–. Sé que no hay excusa posible, pero había facturas impagadas, y nada de comida –puso una mano sobre sus ojos–. No sabía dónde estaba tu padre, pero alguien me había dicho que había abandonado a su amante y que se había ido al extranjero con una joven millonaria de la alta sociedad. Fue la gota que colmó el vaso.

–Y estabas completamente sola.

Melody volvió a abrazarla, y cuando su madre se aferró a ella, ambas se echaron a llorar de nuevo. Como si las compuertas se hubieran abierto de repente, recuerdos e incidentes empezaron a sucederse: una amiga bienintencionada de su madre, diciéndole a la pequeña Melody de cuatro años que tenía que ser buena y no preocupar a su madre, para que no volviera a enfermar. No debía llorar o llamar a su madre; tenía que ser una niña grande, y portarse bien. Y no debía mencionar jamás lo que le había pasado a su madre. Jamás. Cuando Anna volviera de sus «vacaciones», Melody tenía que ser buena y útil, o su madre se iría para siempre.

No había sido la intención de la mujer, pero había conseguido que la joven Melody se sintiera responsable de lo ocurrido. Responsable de las horas que su madre había pasado llorando en las semanas y meses posteriores a su intento de suicidio, de la forma en que su madre se aferraba a ella en un momento dado, pero la apartaba de repente de su lado y se echaba a llorar.

–Dijeron que fue una crisis nerviosa –dijo Anna–; lo único que sé es que pasé por un infierno, y te arrastré a ti conmigo.

–Estabas tan cambiada cuando volviste –murmuró Melody–. No me abrazabas ni me besabas, raramente me tocabas siquiera.

–No me atrevía. Quería hacerlo, pero me aterraba volver a desmoronarme. Tenía que mantener el control en todo momento, no podía dejar que nada me afectara; Si no me permitía sentir, podría seguir adelante. Entonces abrí el negocio, y fue tanto una bendición como una maldición; cubría nuestras necesidades materiales, pero me dejaba sin tiempo y sin energía, sin vida. Y, comprensiblemente, para entonces te había perdido. Eras una niña tan reservada y educada, de grandes ojos tristes y una resistencia que me admiraba. No me necesitabas, y era culpa mía.

–Te necesitaba, claro que te necesitaba. Aún te necesito.

La voz de Melody era vehemente. No se había dado cuenta, pero la convicción de que no debía disgustar a su madre, la oscura niebla que descendía cuando pensaba en su niñez, la voz que le decía que tenía que ser autosuficiente y que no debía apoyarse en nadie... tenían su origen en aquel incidente que había enterrado en su mente. La había condicionado más que el abandono de su padre o la amargura y el retraimiento subsiguientes de su madre; la había aterrorizado tanto, que la única forma de soportarlo había sido encerrándolo en un rincón de su mente.

Estuvieron hablando hasta que ya hubo anochecido, y cenaron juntas antes de que Melody se marchara. Llegó a su casa tan exhausta que apenas podía caminar. Cuando entró en su apartamento, puso en marcha el contestador automático y la voz profunda de Zeke llenó la habitación; el sonido cálido y perezoso hizo que un hormigueo recorriera su piel.

–Hola. Sólo quería que supieras que tu madre y yo sobrevivimos al encuentro sin demasiados rasguños. Va a ser una semana de locos, pero me preguntaba si estás libre el fin de semana. Estaré en Escocia desde el martes, pero el viernes por la tarde estaré de regreso. Llámame para decirme qué te parece –tras una ligerísima pausa, acabó muy suavemente–: adiós, cariño.

Melody no sabía por qué, pero el modo en que dijo «cariño» la afectó tanto que pasaron cinco minutos antes de que recuperara la compostura suficiente para devolverle la llamada. Él contestó de inmediato, con su acostumbrada sobriedad.

–Zeke Russell.

–Soy yo.

–Hola, «yo».

El tono había cambiado, y tenía de nuevo la calidez que Melody había notado en su mensaje.

–Hola –dijo, un poco sofocada–. Siento no haber estado antes; pasé a ver a mi madre.

–¿Comprobando las heridas de guerra? –dijo con humor negro.

–Algo así –respiró hondo–. Zeke, dijo que te habías portado muy bien con ella. Gracias. Tuvimos... tuvimos una larga charla.

Algo en su voz debió de alertarlo de que había algo más.

–¿Estás bien? –preguntó suavemente.

Lo cierto era que no. Para ser sincera, Melody debía admitir que los acontecimientos de las últimas cuarenta y ocho horas la tenían completamente confundida.

–Sí, estoy bien.

–Melody, ¿recuerdas lo que dijimos sobre hablar las

cosas? –dijo sin entonación–. Lo volveré a intentar. ¿Estás bien?

Ella dudó. Se sentía en carne viva emocionalmente, más expuesta que nunca. Intentó contestar, pero el nudo que tenía en la garganta la asfixiaba y sólo pudo emitir un suave gemido.

–Voy para allá.

–No –consiguió hablar a través de las lágrimas–; no hay necesidad, estoy...

Zeke ya había colgado. Se quedó mirando el teléfono durante unos segundos, antes de colgar lentamente. Debería ponerse algo más apropiado que los vaqueros viejos y el pequeño top que llevaba, cepillarse el pelo y retocarse el maquillaje. La idea estaba allí, pero no hizo ningún esfuerzo por obedecer ni por secarse las lágrimas.

Finalmente, preparó la cafetera antes de ir a por un paquete de pañuelos y sonarse la nariz con fuerza. Tenía que controlarse, aquello era ridículo. Zeke ya pensaba que estaba mal de la cabeza, y sus acciones no hacían sino confirmarlo.

Para cuando él llamó al timbre, Melody se había lavado la cara y cepillado el pelo, nada más. Fue hasta el rellano.

–No había necesidad de que vinieras –dijo cuando él llegó a la puerta–. Tienes una semana muy ajetreada por delante.

–Tú eres lo único que tengo delante ahora mismo –contestó él, tomando su rostro entre sus grandes manos–. ¿Qué es lo que pasa?

–Entra.

Lo último que necesitaban era que Caroline asomara la cabeza. Una vez dentro del apartamento, Melody cerró la puerta; se negaba en redondo a lanzarse a sus brazos, por tentador que fuera. Tenía que demostrarle que no se estaba desmoronando.

–No tiene nada que ver con nuestra relación –dijo rápidamente cuando los ojos color ámbar se clavaron en ella–. Sólo es un incidente que sucedió hace mucho tiempo. Lo había olvidado, pero mientras hablaba con mi madre, algo me lo trajo a la memoria. ¿Quieres un café?

–Al cuerno con el café –la condujo hasta el sofá, y tras acomodarse la sentó en su regazo–. Cuéntamelo.

Melody se lo contó. Se mantuvo muy rígida en su abrazo, porque era la única forma de poder completar su explicación; cuando acabó, él no dijo nada, sólo se mantuvo arropándola contra su pecho y abrazándola muy fuerte durante largo rato. Ella estaba demasiado agotada para hacer otra cosa que relajarse contra él. Finalmente, Zeke dijo:

–Daría lo que fuera por estar cinco minutos a solas con tu padre.

No era la reacción que Melody esperaba. Se incorporó un poco para poder ver su rostro.

–Por lo que sé, podría estar muerto –dijo, sobresaltada por la furia que brillaba en sus ojos entornados–. Y, de todas maneras, ya no importa. Todo ocurrió hace mucho tiempo.

–Importa porque aún te hace daño –el tono calmado no se reflejaba en la expresión de sus ojos.

–Eso no es cierto –su sorpresa era evidente–. Apenas me acuerdo de él –lo que recordaba eran los gritos y las peleas en los días previos a que su padre las abandonara, no a él como persona.

–Pero aún te hacen daño las consecuencias de lo que os hizo a tu madre y a ti, el intento de suicidio de Anna y el cambio en su forma de ser.

Melody no pudo negar la verdad de sus palabras.

–¿Estoy en lo cierto? –insistió con mucho tacto.

Melody asintió con la cabeza, incapaz de hablar.

–Tu madre necesita ayuda profesional, alguien objetivo que pueda desentrañar la madeja y mostrarle cómo desatar cada nudo, uno detrás de otro. Vuestra conversación es el primer paso, pero no es suficiente. Te das cuenta, ¿verdad?

Melody volvió a asentir.

–¿Cómo crees que reaccionaría ante la sugerencia de que vea a alguien?

–Como un toro ante un trapo rojo –contestó ella con una sonrisa triste.

–Dicen que los toros sólo ven en blanco y negro; lo que les molesta es que agiten el trapo delante suyo. Puede que Anna te sorprenda.

Aunque Melody lo dudaba, sabía que las palabras de Zeke eran razonables. Cuanto más había hablado con Anna aquella tarde, más se había dado cuenta de lo infeliz y confusa que estaba. La traición y la desesperación que su madre había experimentado durante aquellos años la habían conducido a su intento de suicidio, y eran la raíz de muchos de sus problemas emocionales.

–Hablaré con ella –como la idea que le había estado rondando por la cabeza persistía, Melody añadió–: me sorprende que no sugieras que yo también vaya al psiquiatra.

–No me atrevería.

El aliento de Zeke le cosquilleaba en la oreja, y a pesar de que quería mantenerse completamente serena, los sentidos de Melody estaban embriagados con su aroma y su tacto. Luchó por mantener la compostura. Necesitaba saber lo que Zeke pensaba de ella, pero él era un maestro a la hora de controlar una conversación; saber esquivar y atacar era algo innato en él.

–Lo digo en serio, Zeke –empezó a decir–. Debes de pensar que...

–Que estás para comerte –la interrumpió él.

Zeke la volvió hacia él; Melody intentó apartarse cuando los labios de él buscaron los suyos, ya que quería saber si él pensaba que estaba un poco loca, pero sus grandes manos sujetaron su rostro, instándola a que le devolviera la caricia. Fue un beso embriagador, largo y cálido, sin barreras. Ella fue incapaz de resistirse a aquella emoción gloriosamente íntima que había sido tan poderosa en el pasado, y respondió casi de inmediato.

Los labios de Zeke abandonaron los suyos por un momento, acariciando su mejilla, su oreja, su sien y la punta de su pequeña nariz antes de regresar a su boca entreabierta. Melody se hundió en su sabor, en su calor y su aroma, en la dureza de los hombros a los que se aferraba y en los poderosos muslos masculinos. Podía sentir el firme pálpito de su corazón bajo los músculos sólidos de su ancho pecho, y la forma en que su latido se había acelerado habría delatado su excitación incluso si otra parte de su anatomía no hubiera probado sin ninguna duda su deseo. Melody se movió ligeramente, provocativa, y él gimió.

Zeke profundizó el beso con una lentitud deliberada, atormentándola y castigándola por su provocación hasta que el placer que recorría el cuerpo de Melody hizo que se olvidara de todo menos de él. Se preguntó aturdida cómo había sobrevivido seis meses sin él. ¿Cómo sobreviviría en el futuro si las cosas no funcionaban entre ellos? Zeke había sido cuidadoso de no hacer promesas aquella vez. La idea bastó para arrancarla del torbellino de sensaciones y devolverla al mundo real.

—Prepararé café, ¿de acuerdo? —dijo temblorosa.

—Buena idea —su tono era seco.

Para cuando Melody terminó de preparar las tazas, ya había recuperado la compostura. Zeke estaba sentado en el sofá, con las piernas cruzadas y los brazos extendidos a lo largo del respaldo del asiento. La pose negligente realzaba su presencia física y su flagrante sexualidad. Melody se reprendió por el rápido latido de su propio corazón, y se preguntó por qué aquel hombre la afectaba con tanta intensidad. Físicamente, él era casi agresivamente masculino; la increíble anchura de sus hombros y la dureza de su cuerpo le conferían un aire inflexible. Pero había muchísimos hombres atractivos en el mundo; Zeke tenía algo más.

Tenía magnetismo, destilaba autoridad, pura masculinidad y poder, y ella sabía que no era la única mujer atraída por su atractivo. Zeke siempre había logrado que le cosquilleara la piel con una sola mirada.

–Estás agotada –dijo Zeke con mucha suavidad cuando ella se sentó a su lado.

A veces sus orígenes norteamericanos eran evidentes, y en tales ocasiones ella era aún más consciente del ligero acento en su voz. Era devastadoramente sexy. Melody levantó la cabeza para mirarlo, y se encontró con sus ojos dorados contemplándola con expresión intensa.

–Estoy cansada –admitió ella–, pero me alegra mucho que hayas venido esta noche. No quería que tuvieras que salir, pero es... agradable.

–¿Agradable?

Zeke sonrió y el corazón de Melody saltó en su pecho. Él continuó:

–Ésa es una palabra muy británica, como el té de la tarde. Preferiría algo un poco más...

–¿Imaginativo?

–Íntimo –él se bebió el café ardiendo de un trago y se puso de pie–. No hace falta que me acompañes hasta la puerta. Quédate sentada y acaba tu taza de café... a no ser que quieras que me quede y te ayude a acostarte, claro –añadió arqueando ligeramente una ceja.

No había nada que deseara más. Melody consiguió ofrecerle una sonrisa que esperaba que pareciera despreocupada mientras se levantaba, dejando el café intacto.

–Buenas noches, Zeke –dijo en voz baja, deseando que la volviera a besar.

Él accedió a sus deseos.

Capítulo 7

TRAS las emociones del fin de semana, los cinco días siguientes fueron casi aburridos; Zeke la llamó antes de marcharse a Escocia, y quedó en ir a buscarla el sábado por la mañana.

—Un compañero de trabajo me ha ofrecido el barco que tiene en Henley-on-Thames para que pasemos el día —dijo con voz perezosa—. Sería... agradable. ¿Qué te parece?

—Muy... agradable —contestó Melody con una gran sonrisa.

—Bien —tras una breve pausa, Zeke comentó—: mi viaje a Escocia es de negocios, Melody. ¿Entiendes lo que eso significa? —no quedaba ni rastro de diversión en su voz.

Ella no se había dado cuenta hasta aquel momento de lo que el viaje comportaba.

—Tu secretaria te acompaña —no pudo pronunciar el nombre de Angela, aunque sabía que no existía nada entre ellos más allá de una relación laboral. Aun así, la otra mujer iba a estar a su lado cuatro días, con sus noches.

—Exacto —dijo él sin ninguna inflexión en la voz.

—No hay problema —consiguió decir ella con tono despreocupado—, ¿por qué habría de haberlo?

Tras una breve pausa, Zeke se limitó a concertar la hora a la que iría a buscarla. Cuando Melody colgó, sospechaba que él le había leído el pensamiento. Al día siguiente habló con su madre.

—¡No! —Anna negó rápidamente con la cabeza; sus

mejillas estaban teñidas de rubor–. ¿Cómo puedes sugerir tal cosa? No estoy loca.

–No he dicho eso, y estoy hablando de un consejero, no de un psiquiatra –dijo pacientemente.

–En este caso es lo mismo, y lo sabes muy bien.

–No, no lo es, y no, no lo sé. Sufriste muchísimo cuando papá se fue, más que si hubiera muerto. Jamás hablaste de ello con nadie, tú misma me dijiste que ni siquiera te ofrecieron esa clase de ayuda en el hospital después de que intentaras...

La expresión de su madre impidió que continuara. Melody suspiró.

–Piensa en ello, ¿de acuerdo? –apostilló cuando se levantaba para irse.

Había cenado con su madre, y había sacado la posibilidad de buscar ayuda profesional justo antes de marcharse; así se libraba del estallido inicial, y Anna podría empezar a pensar en ello.

–No tengo por qué pensármelo.

–Sólo estoy sugiriendo algo así porque te quiero –Melody se negaba a volver a la vieja relación; tras abrazar con fuerza a su madre, le dio un beso.

Por un momento, pensó que Anna no iba a responder, pero entonces su madre le devolvió el abrazo, apretándola fuertemente contra sí durante un par de segundos.

–Y no te preocupes por el negocio, ¿de acuerdo? –añadió Melody mientras permanecían en el umbral de la casa; la lluviosa noche de mayo era cálida–. Todo va a salir bien.

Su madre le había dicho que el plan de Zeke había funcionado: Julian había enviado una carta al otro bufete con su confesión, aunque aún estaba por ver si se contentarían y dejarían en paz a Anna. Julian había alegado enajenación transitoria, y su médico estaba dispuesto a apoyarlo.

Al día siguiente, Melody se estaba preparando para ir a trabajar cuando su madre la llamó.

–¿Conoces a alguna buena consejera? –preguntó Anna bruscamente, sin saludar siquiera–. Tendría que ser una mujer; no podría soportar hablar de lo sucedido con un hombre.

–De hecho, conozco a varias. ¿Quieres que hable con ellas, para ver si alguna puede recibirte en los próximos días para una consulta privada? –contestó con voz calmada; una vez que había conseguido que su madre llegara hasta allí, no quería darle tiempo a que cambiara de opinión.

A las once de la mañana del día siguiente, Melody le concertó una cita con una señora encantadora de mediana edad que tenía su consulta muy cerca de la casa de su madre. En el trabajo surgieron varias urgencias que la hicieron temer por su cita con Zeke, pero todo se solucionó milagrosamente en cuestión de horas el viernes por la tarde. Volvió tarde a su casa y tomó un largo baño que la relajó un poco, pero era aún un manojo de nervios cuando el teléfono sonó justo después de las diez. Apagó la televisión y fue descalza a contestar.

–Estoy a punto de subir a un avión para volver a casa, pero quería hablar contigo antes de que te acostaras –la voz de Zeke era cálida y suave–, para decirte que sueñes conmigo. ¿De acuerdo?

¿Pensaba en serio que ella hacía otra cosa?

–Y para decirte que te he echado de menos –continuó él.

La había echado de menos. No le estaba diciendo que la quería, pero después de cómo se había portado con él, que la echara de menos era más de lo que tenía derecho a esperar.

–Yo también –consiguió decir, un poco sofocada.

–¿Qué llevas puesto? Quiero imaginarte tal como estás –dijo él con voz ronca.

Melody sintió una gran satisfacción cuando, después de decirle la verdad y confesarle que estaba desnuda debajo del albornoz, oyó cómo Zeke gemía.

–No es justo –se quejó, lastimero–. Podías mentir y decirme que estás tapada hasta las orejas.

–Nunca miento –contestó ella con voz remilgada–. Soy una buena chica.

–Voy a tener que trabajar en eso.

«Sí, por favor».

–¿Cómo ha ido el viaje? –preguntó ella con cautela–. ¿Todo bien?

–En general, sí. Pero tiene que ver con un caso difícil y bastante desagradable.

Melody asintió con la cabeza, aunque él no podía verla.

–Nunca deja de sorprenderme lo bajo que pueden llegar a caer algunos seres humanos.

–Tienes suerte –dijo él con sequedad–. Yo hace años que perdí la capacidad de sorprenderme. Supongo que es normal, con un trabajo como el mío.

Melody oyó una voz femenina de fondo, y Zeke dijo:

–Tengo que irme, vamos a embarcar. Hasta mañana, cariño.

Otro «cariño». El corazón de Melody tenía alas cuando colgó, aunque sabía que la voz que había oído era la de Angela. Como Zeke solía llamarla así en los viejos tiempos, lo consideró una buena señal. «Pero también solía telefonearte cada noche, dondequiera que estuviera», le recordó una vocecilla, «y es la primera vez que te ha llamado desde el lunes»; aquello había estado carcomiéndola toda la semana. Melody frunció el ceño. El daño que había causado no podía borrarse de un plumazo, pero lo importante era que volvían a estar juntos.

Aquella noche no consiguió dormir bien. A las seis en punto de la mañana siguiente estaba completamente despierta y contemplando la salida del sol en un cielo sin nubes, de un azul tan intenso que parecía una pintura. Iba a ser un hermoso día... el primero de junio.

La idea de pasar el día con Zeke le causaba una sensación extraña en la boca del estómago. No sabía por qué estaba tan nerviosa... o quizás sí. No quería que nada estropeara las cosas, pero su reconciliación aún parecía algo demasiado bueno para ser verdad. Cerró los ojos con fuerza por un momento, y los volvió a abrir de par en par. Durante toda la semana la habían asaltado dudas sobre él, en un sentido o en otro. Al parecer, los años de influencia de su madre no podían olvidarse en un par de días, por mucho que lo intentara. Y lo había intentado.

Estaba lista y esperando mucho antes de que sonara el timbre de la puerta, justo antes de las nueve. Se había encontrado a Caroline a las siete y media, cuando salía del baño; su vecina acababa de llegar, y aunque había bebido y bailado durante toda la noche con sus amigas, parecía fresca como una rosa. Cuando se enteró de que Melody iba a pasar el día con Zeke, había enarcado las cejas y había hecho un mohín antes de decir:

—Entonces, la cosa avanza, ¿no? ¿Lo mantienes hambriento, como te dije?

—Las cosas no son así entre Zeke y yo.

—Siempre es así cuando un hombre está para comérselo. Tienes que adelantarte a la competencia, hasta que hayas agarrado bien su corazón y sus... —Caroline señaló hacia abajo—. ¿Qué vas a ponerte para un día romántico? ¿Tiene el barco un camarote y una cama doble?

—No lo sé —había contestado Melody, riendo—. Iba a ponerme unos vaqueros y un top, algo práctico; ya sabes, para subir y bajar del barco, y esas cosas.

—¡Por el amor de Dios, ni hablar de ir a lo práctico! —había exclamado Caroline, horrorizada—. Quieres dejarlo boquiabierto, ¿no? Tienes unas piernas fantásticas, enséñalas. Va a ser un día muy caluroso, así que puedes ponerte el mínimo de ropa imprescindible.

Melody había echado un vistazo a la minifalda y al top de su vecina; ninguno dejaba nada a la imaginación.

—No creo que sea una buena idea —había empezado a decir, dubitativa.

—Vamos —Caroline la había arrastrado por el pasillo—.

Enséñame tu armario, y elegiré algo que hará que le hierva la sangre.

Varios minutos más tarde, sonreía con satisfacción.

–Perfecto –comentó mientras colocaba el vestido blanco de tirantes sobre el respaldo de una de las sillas–. El escote bajo y la espalda descubierta son dinamita pura, por no hablar de las rajas en la falda; parece normal hasta que te mueves, y entonces... –puso los ojos en blanco– muy atrevido. Nunca te lo he visto puesto, ¿verdad?

Melody negó con la cabeza; su cabello aún estaba húmedo por la ducha.

–No lo he estrenado aún –admitió débilmente.

Había comprado el vestido a finales de noviembre, poco después de su ruptura con Zeke. Estaba en el escaparate de una tienda bastante cara por la que pasaba cada día al ir a trabajar, y los precios de fin de temporada estaban muy rebajados. No se había dado cuenta de las rajas a la altura del muslo en la falda hasta que se lo probó, y supo que no tendría agallas para ponérselo. Con el escotado corpiño de bordado inglés y una espalda inexistente, las pequeñas tiras de material de la prenda habían parecido de repente demasiado frágiles, por no decir indecentes.

Sin embargo, la dependienta la había animado, y le sentaba como un guante. El precio rebajado acabó de convencerla, y decidió comprarlo.

–No sé... –le dijo a Caroline sin convicción, pasando los dedos por los pliegues de la falda.

–Melody, es impresionante, hazme caso –Caroline había suspirado ante la expresión de su amiga–. Mira, no hay ni pizca de viento; la falda no se te va a levantar, y cuando caminas sólo se ve un poco de pierna –tras mirar hacia el resto de vestidos, había arrugado la nariz al continuar–: esos son demasiado corrientes en comparación. Tienes que ponerte éste, ¿no quieres que se dé cuenta de que puedes conseguir a quien tú quieras, que se ponga un poco celoso?

Ella había pensado que Caroline exageraba en lo de conseguir a quien ella quisiera, pero el vestido era hermoso, y perfecto para un día caluroso como aquél.

Llevaba esperando en el vestíbulo varios minutos cuando vio su silueta en el cristal esmerilado de la puerta de entrada, un segundo antes de que tocara al timbre. Antes de abrir la puerta, se puso una pequeña rebeca de punto sin mangas, a juego con las zapatillas azules que llevaba. No se sentía tan desnuda con la espalda cubierta.

–Hola.

La voz de Zeke era suave cuando ella apareció en la puerta; los ojos dorados se entornaron ante la brillante luz del sol. Vestía unos pantalones finos y una camisa color gris pálido remangada y con el cuello abierto. Parecía pecaminosamente sexy y peligroso.

–Hola –contestó ella, que al verlo se había olvidado hasta de respirar.

–Ven aquí.

La tomó en sus brazos y la besó concienzudamente.

–¿Me has echado de menos?

No podía imaginarse cuánto. Melody sintió un pequeño escalofrío ante el poder que tenía sobre ella, pero pudo mantener una expresión alegre cuando contestó provocativa:

–Un poco.

–¿Un poco? Debo de estar perdiendo facultades. Tendré que intentarlo con más ahínco.

Tomó la mano de Melody, inclinó la cabeza y deslizó los cálidos labios por su palma antes de trazar un camino electrizante sobre su muñeca, donde su boca revoloteó sobre su pulso desbocado. Su pelo oscuro tenía un brillo vigoroso, y el suave y delicioso perfume de su loción se mezclaba con un primitivo aroma masculino; Melody tuvo que morderse el labio inferior para impedir que un gemido escapara de su boca. Apenas la tocaba, y sin embargo podía reducirla sin esfuerzo a una masa temblorosa. Y él lo sabía.

Cuando Zeke levantó sus ojos sonrientes y entrecerrados, ella miró en las profundidades ambarinas y supo que él sabía perfectamente el efecto que tenía en ella; Melody parpadeó, levantó ligeramente la cabeza y liberó su mano, sonriendo con aparente despreocupación.

–¿Nos vamos? –dijo con tranquilidad–. Hace un día hermoso, ¿verdad?

–Muy hermoso –contestó él suavemente, con la mirada fija en ella.

¿De dónde había sacado aquel vestido? Mientras Zeke observaba cómo se metía en el coche, su cuerpo se desquició. Había parecido tan recatada en la puerta, con su virginal vestido y con sus zapatillas azules, aunque la sangre le había hervido en las venas al contemplar la suave plenitud de sus pechos, revelada por el escotado corpiño. Y entonces ella había caminado hacia el coche.

A veces tenía que evitar hasta el más mínimo contacto, instintivamente consciente de que un roce, un beso, y sería incapaz de detenerse. Y no quería que fuera así con Melody; no lo había querido en el pasado, cuando pensaba que sería su esposa, y no lo quería entonces, pasara lo que pasara con su relación. Porque, en el fondo, ella no quería que su primera vez fuera así. Zeke sabía que ella aceptaría que le hiciera el amor, y que sería una experiencia increíble para ambos; pero no sería perfecto para ella, le arrebataría su sueño, y Melody ya había sufrido demasiadas ilusiones rotas en su vida.

Eran tan diferentes en muchos aspectos, y sin embargo, cuando estaban prometidos, Zeke había sentido que era su otra mitad, que lo completaba sin siquiera tener una relación íntima completa. Se estremecía sólo con pensar en su noche de bodas. Su boca se curvó con ironía, pensando en la reacción de sus amigos y sus ex-novias si lo supieran.

A los quince años una experimentada chica de dieciocho lo había iniciado en los placeres de la carne. Siguieron varios años locos, pero con la Facultad de Derecho
había llegado el trabajo duro y la disciplina, y relaciones
más estables. Pero ni remotamente había querido sentar
la cabeza; de hecho, y a pesar del feliz matrimonio de
sus padres, no había estado seguro de creer en la monogamia hasta que conoció a Melody.

Zeke abrió la puerta del conductor, preparándose
mentalmente para el aroma de ella mientras se metía en
el coche. No pudo evitar su reacción física. A veces sentía como si su cuerpo estuviera sumergiéndose en aceite
hirviendo por la fuerza de su deseo. Si al pedirle que se
casara con él le había dicho que debía ser un compromiso corto, había sido en un intento de mantenerse cuerdo.

–¿Qué?

Melody lo miraba con ojos interrogantes.

–No he dicho nada –Zeke puso el motor en marcha y
se incorporó al tráfico matutino.

–Lo sé, pero estabas sonriendo... más o menos.

–¿Cómo se sonríe «más o menos»?

–Cuando en realidad no te gusta la razón por la que
sonríes, cuando no es gracioso.

¡Qué gran verdad! Zeke se obligó a relajarse, y dijo
con rostro impasible y voz calmada:

–Dejaré de lado todos los pensamientos tristes por
hoy; ¿qué te parece?

Por el rabillo del ojo vio que ella lo miraba, y por su
expresión supo que se había dado cuenta de su evasiva,
aunque no hizo ningún comentario y se volvió a mirar
por la ventana. ¿En qué estaría pensando? Mientras se
concentraba en la carretera, la mente de Zeke diseccionaba la información que le proporcionaban sus sentidos.
Nunca había dudado que podía excitarla físicamente,
pero quería para su futuro algo más que alguien dispuesto a calentar su cama. Su esposa, la madre de sus hijos,
sería diferente. Nada en su vida lo había conmocionado

tanto como el que ella se alejara de él sin mirar atrás. No tenía ni idea de que algo iba mal, y de repente ya no estaba a su lado. Porque no confiaba en él entonces, y quizás siguiera sin hacerlo.

Se suponía que los hombres eran capaces de enfrentarse a las situaciones más difíciles, de ser fuertes y superar cualquier cosa. Pero cuando Melody lo abandonó, su mundo se había tambaleado. Zeke no había llorado; se había sentido fuera de su cuerpo, entumecido, muerto durante semanas, y cuando las emociones habían ido volviendo, había pensado que se volvería loco. Su único consuelo había sido que, a través de un tipo que había conocido en los juzgados y que trabajaba para una agencia de detectives, sabía que Melody no estaba con nadie. No había podido ni pensar en lo que haría si eso cambiara.

En las nuevas circunstancias, sabía que no podría culpar a nadie si la cosa no funcionaba, ya que se había metido con los ojos bien abiertos. Era una situación imposible y desconcertante... con una mujer imposible y desconcertante. Melody se movió ligeramente, y del calor de su cuerpo emanó su perfume; era una mezcla de vainilla, almizcle y un toque floral que, unido a su aroma único, impregnó sensualmente los sentidos de Zeke. Él se obligó a concentrarse en la carretera, y cerró de golpe las puertas de su frustrada libido; en el tráfico londinense, no era posible sumergirse en fantasías eróticas.

El amigo de Zeke estaba esperándolos cuando llegaron a Henley-on-Thames; mientras les mostraba el pequeño yate, quedó patente que el barco era la niña de sus ojos. Tras conversar un rato, se fue en su coche y los dejó solos.

Era un barco estupendo. Melody bajó a ver la cabina; tanto la compacta cocina como el camarote principal de la parte posterior tenían todas las comodidades.

Fue a reunirse con Zeke en la cubierta superior, y su corazón dio un vuelco al ver la expresión de entusiasmo en su rostro.

–¿Quieres llevar el timón, o prefieres que lo haga yo? –preguntó él.

Cuando Melody llegó a su lado, la atrajo contra su cuerpo.

–No me atrevería a echar a perder tu diversión –bromeó ella, riendo cuando Zeke le dirigió una sonrisa descarada.

–Pero primero vamos a brindar por Crystal –dijo Zeke.

Tras darle unas palmaditas al yate, desapareció en la cocina, donde había dejado la gran cesta de mimbre que había llevado. Pronto reapareció con dos copas de espumoso champán.

–Pensaba que en las excursiones se comían bocadillos de lechuga y limonada caliente –dijo Melody al tomar su copa con un gesto de agradecimiento.

–En las mías no –contestó él–. Tenemos canapés, soufflé, queso de cabra y crepes saladas, rollitos de primavera, *wonton* de gambas, relleno de albaricoque, langostinos en salsa...

–¡Para, para! –dijo Melody, riendo.

–¿No quieres saber qué hay de postre?

–No –sus ojos estaban presos en la mirada masculina, y el resto del mundo dejó de existir. Se sentía embriagada por la sensación del sol acariciando su espalda, por el vestido agitándose alrededor de sus piernas desnudas, por el atractivo hombre mirándola con ojos hambrientos–. Sorpréndeme luego –susurró, sin saber lo reveladora que era la expresión de su rostro.

–Quizás lo haga.

Él parecía reacio a tocarla, y cuando retrocedió un paso antes de levantar su copa, Melody sintió una punzada de algo que, si se hubiera parado a analizarlo, bien hubiera podido ser dolor.

–Por Crystal y por este día –dijo Zeke con voz serena; sus ojos tenían un profundo brillo dorado que resultaba casi iridiscente a la luz del sol.

–Por Crystal y por este día –repitió Melody, mientras se preguntaba: «¿y por nosotros no?».

El champán estaba muy frío y dejó un sabor afrutado en su lengua. Melody continuó saboreando su copa mientras Zeke soltaba amarras y se ponía en marcha; había toda clase de embarcaciones en el agua, y mientras esperaban a poder incorporarse a la corriente principal, pasó ante ellos una larga barca multicolor. Dos niñitos que iban a bordo saludaron a Melody con entusiasmo, y ella devolvió el gesto.

Una hora después estaba tumbada en una manta en la cubierta, con el vestido cuidadosamente colocado para obtener el máximo bronceado y mantener el decoro, observando a Zeke con los ojos entrecerrados. Él estaba al timón, aparentemente absorto en su tarea. Melody se movió ligeramente, de modo que el vestido se deslizara desde la parte superior de una pierna y revelara una inusitada porción de piel tersa. Zeke pareció no darse ni cuenta.

–Esto es muy agradable –Melody se sentó y se apoyó sobre los codos–; ¿quieres otra copa?

–No –le dirigió una sonrisa tranquila–, sólo tomo una cuando tengo que conducir. Pero no diría que no a un vaso del agua con gas que he traído.

–Bien.

Sintiéndose más que un poco molesta por su falta de interés, Melody se levantó y entró descalza en la cocina, llenando un vaso de agua antes de servirse más champán en su propia copa con actitud desafiante. De vuelta en la cubierta, le dio a Zeke su bebida y se quedó a su lado mientras saboreaba la suya. El agua brillante, los campos de césped y las hermosas casas que veían al pasar contribuían a la magia del día. Cerró los ojos mientras respiraba hondo el cálido aire veraniego, disfrutando del momento.

Los labios de Zeke estaban frescos por el agua cuando rozaron los suyos en un beso fugaz que la dejó sin aliento. Melody abrió los ojos y se encontró con su mirada risueña.

—No he podido resistirlo —admitió él.

—Cuando quieras —contestó ella, sonriendo también.

La mano de él se levantó para apartar un sedoso mechón rubio detrás de su oreja, y sus dedos se detuvieron por un momento en el cuello femenino, acariciando la piel bañada por el sol antes de rozar la tersa curva de su escote.

—Este vestido es increíble —murmuró él con voz ronca.

—Creía que no te habías dado cuenta —dijo ella con voz calmada, y lo vio sonreír.

—Sí que me he dado cuenta —contestó él con un tono igual de tranquilo.

Ella tenía los ojos fijos en el rostro masculino, y el espasmo en un músculo de su mentón delató la falsedad de su aparente indiferencia. El pulso de Melody se disparó.

Zeke se inclinó para volver a tomar el vaso de agua, y tomó un largo trago antes de decir:

—Melody, creo que debo dejar algo claro. Me excitas cada vez que te miro, ¿de acuerdo? Así que no tienes que buscar cumplidos. Te deseo. Aunque trato con un montón de mujeres a diario, tú eres diferente; ni siquiera sé por qué, pero ha sido así desde el día que te conocí. Eres hermosa e inteligente, y con o sin ese vestido te deseo tanto que me vuelves loco.

—Yo también te deseo —consiguió decir ella sin aliento.

—Lo sé —la miró directamente a los ojos, sin ninguna arrogancia en su rostro o en su voz—. Pero el deseo no es suficiente, al menos para mí.

Sus palabras fueron como un jarro de agua fría para Melody. Sintió un gran peso en la boca del estómago, y se quedó mirando el duro perfil cuando él se volvió de nuevo hacia el timón.

—Lo quiero todo o nada —dijo Zeke, y tras una breve pausa, continuó—: eso es lo que siento contigo; tu compromiso y tu amor, pero también tu confianza y tu fe en mí como hombre.

Su tono era completamente inexpresivo, y Melody se dio cuenta de que estaba dando voz a algo que había estado pensando con mucho detenimiento.

–Yo... confío en ti.

–¿De veras? –la mirada leonada volvió a clavarse en su rostro–. Querría creerlo, pero nunca me ha gustado engañarme a mí mismo; quizás por eso soy abogado. Valoro la verdad por encima de casi todo lo demás –sus labios hicieron una mueca–. Antes habría dicho que está por encima de todo, pero al conocerte supe que, si aceptaba tus palabras sin más creyendo que teníamos una oportunidad, me estaría engañando; no tendríamos ninguna oportunidad... no de las que duran para siempre. Antes o después, sin confianza, las cosas volverían a desmoronarse, ¿no lo ves?

Melody apretó los pliegues de su falda, incapaz de mirarlo. Estaba aterrorizada. Le estaba diciendo que se había acabado; allí, en el río, en el más hermoso día de verano, Zeke iba a abandonar su vida. Tragó con fuerza.

–¿Qué estás diciendo exactamente?

–Que tienes que enfrentarte a ciertos hechos, en vez de ignorarlos –dijo él con suavidad–. Tanto por tu bien como por el mío; no quiero que sigamos en tierra de nadie como ahora, no por mucho tiempo más. No puedo –añadió con voz rota–. Nuestra relación pasó el período de prueba hace seis meses, y decidimos casarnos. Mi compromiso fue total, pero el tuyo no.

Cuando Melody hizo ademán de interrumpirlo con una protesta, continuó:

–Piensa en ello. Sabes que es cierto.

El silencio se alargó entre ellos; la mente de Melody apenas registró el ladrido de un perro en el jardín de una mansión cercana a la orilla, o el griterío de unos niños en un barco.

–Soy codicioso, cariño.

El sonido de su voz hizo que lo mirara, y Zeke depositó en su boca el más dulce de los besos.

–Zeke...

–No –la interrumpió con un dedo en los labios–. No tienes que prometer o decir nada –una sonrisa irónica curvó sus labios, pero los ojos dorados eran inescrutables cuando se encontraron con los de ella–. Pero necesito que empieces a enfrentarte a tus miedos, y que decidas si te vas a entregar a mí completamente. Quiero que seas mi esposa, Melody, quiero tener hijos contigo y envejecer a tu lado. Siempre lo he querido. No es una proposición, sólo estoy explicando cómo me gustaría que fueran las cosas si tú aprendes a confiar en mí.

Melody asintió.

–¿Crees que una persona puede aprender a confiar? –susurró–. Quizás el sentimiento está o no.

Zeke contuvo el aliento por un segundo antes de exhalar con un suspiro.

–Yo me he estado preguntando lo mismo durante los últimos días; sí, creo que la confianza y la fe en otras personas puede aprenderse si las circunstancias son las adecuadas, si las personas son las adecuadas, por muy lastimadas o desilusionadas que estén.

–Pero tú no estás ni una cosa ni la otra.

Una ceja masculina se alzó lacónicamente.

–Pero crees que yo sí –continuó ella, consciente de que Zeke tenía razón; sin embargo, no quería admitirlo abiertamente.

Él no contestó. Mientras Melody lo contemplaba, sintió que la inundaba otra clase de miedo... el temor a no ser capaz de convertirse en la persona que debía ser para salvar su relación. Él estaba siendo muy considerado, teniendo en cuenta las circunstancias. Mientras él se concentraba en el río y en las otras embarcaciones, ella recorrió con la mirada el poderoso cuerpo masculino, fascinada por la forma en que los pantalones se ajustaban a su firme trasero. La anchura de sus hombros, la forma en que su pelo negro rozaba el cuello de su camisa, sus manos grandes y seguras al timón... «es magnífico», se dijo miserablemente. Era extraordinario, y no podía vivir sin él. Pero Zeke había dejado claro que podía vivir sin ella, y que lo haría si fuera necesario.

Melody apoyó la cadera contra el lateral del barco y paseó la mirada hasta la orilla, intentando que la normalidad de la escena le transmitiera algo de calma. Entendía que él temiera volver a salir lastimado, y que la considerara algo inestable. ¿Cómo podía convencerlo de lo contrario? ¿Confiaba por completo en él? Con el cuerpo tan tenso que se sentía dolorida, apuró el champán de un trago. No quería pensar en ello, pero él había dicho claramente que tenía que hacerlo.

Volvió a girar la cabeza, y su mirada devoró la firmeza de su mandíbula y el gesto decidido de aquel mentón que adoraba; le encantaba acariciar con la lengua el hoyuelo que descansaba allí. No sabía cuánto tiempo permaneció de pie, perdida en sus pensamientos mientras su mente recorría un problema, un incidente, un recuerdo tras otro y tras otro. De repente, se dio cuenta de que habían atracado en un apartado del río, resguardado del sol de mediodía gracias a las ramas de unos árboles frondosos. El aire era fresco y perfumado por las flores silvestres que perfilaban la orilla. Sintió cómo Zeke se inclinaba hacia ella.

—Deja de preocuparte, disfruta del día —dijo él en voz baja.

La tomó de la mano y la atrajo con ternura a sus brazos. Melody se quedó inmóvil mientras él acariciaba su cabello sin decir palabra, y poco a poco fue relajándose contra él, flotando en una deliciosa nube de calidez y sensualidad. Cuando los dedos masculinos se tensaron y levantaron su cabeza para que sus labios se apoderaran de su boca, Melody estaba más que preparada. Fue un beso suave, lento, y una sensación embriagadora fue extendiéndose por todo su cuerpo hasta que Melody pensó que se derretía. «Siempre ha sido muy bueno besando», pensó con algo parecido al resentimiento. Jamás había conocido a otro hombre que besara como Zeke.

«Deshazte del miedo, que no siga echando a perder tu vida». El mensaje de su cerebro, directo al corazón de sus emociones, fue tan repentino que parecía que las palabras hubieran sido pronunciadas en voz alta; el impacto hizo que estrechara su abrazo al mismo tiempo que él levantaba la cabeza y la asía por la cintura.

–¿Qué te parece si comemos?

Su voz era tranquila mientras la conducía hacia la parte inferior del yate; antes de que Melody pudiera responder, continuó:

–No sé tú, pero yo estoy hambriento.

Su hambre no podía saciarse con canapés y crepes, por deliciosos que estuvieran, pensó ella con pesar. Pero no podía confesar algo así.

Comieron en la pequeña mesa de la cocina del barco; Zeke se mostró muy ocurrente, y pasaron un rato divertido y cordial. De postre, él sacó por arte de magia dos tartas heladas de chocolate al ron del pequeño congelador del yate, que resultaron ser deliciosas.

–Estoy tan llena que voy a reventar –exclamó Melody mientras bebían el café; tomando la mano de Zeke, dijo sincera–: muchas gracias por una fantástica comida y un día maravilloso.

–Aún no se ha acabado.

–Lo sé.

Melody sonrió, y él le devolvió la sonrisa.

–Y ahora, llegó la hora de la siesta –Zeke apuró su café y se puso en pie, ayudándola a hacer lo propio–. ¿Qué te parece si nos estiramos una hora en la cubierta y tomamos un poco el sol?

Melody asintió. Había tenido una semana de locos, y sabía que Zeke también había tenido mucho trabajo; la copiosa comida y la calidez del día hacían que se sintiera somnolienta.

Zeke extendió la manta en la que ella se había tumbado antes y se quitó los zapatos, los calcetines y la camisa. Melody se quedó mirándolo, sintiéndose como una adolescente ante su musculoso pecho desnudo. «Es ridículo», se reprendió, pero de alguna forma parecía una situación más íntima que si estuviera totalmente desnudo.

Él se tumbó en la manta antes de darse cuenta de que ella seguía de pie.

–Venga –levantó el brazo hacia ella con gesto perezoso–. Ven y ponte cómoda.

Melody creía imposible ponerse cómoda con aquel sólido cuerpo masculino marcando a fuego sus sentidos, pero no podía quedarse de pie mirándolo toda la tarde. Hacía rato que se había quitado la rebeca y las zapatillas, de modo que se arrodilló y se tumbó a su lado con cautela; el brazo de Zeke la envolvió, y ella apoyó el rostro contra el pecho masculino. Melody adoraba la sensación del vello áspero contra su mejilla, adoraba todo lo referente a él. Suspiró quedamente.

–Me gusta sentir tu cuerpo contra el mío –dijo él con voz ronca, acariciando con su aliento la oreja de ella.

–Lo mismo digo –contestó ella; consiguió aparentar calma, aunque estaba derritiéndose.

–He echado de menos momentos como éste, estar juntos así, simplemente abrazándote.

–Yo también.

Melody no pudo contenerse, y besó su poderoso pecho. Sintió cómo el cuerpo entero de Zeke se tensaba y sabía que estaba siendo injusta, pero no le importó. Su boca encontró un pezón.

–Duérmete, Melody –susurró él con voz estrangulada.

–No quiero dormir.

–Yo sí.

–Oh.

Desde su posición privilegiada contra su pecho, Melody podía ver que el cuerpo masculino decía otra cosa.

Se movió ligeramente, deslizando su pierna por la dé él, y Zeke gimió.

–Zeke...

–Lo digo en serio, Melody. O te duermes o pongo en marcha el barco y seguimos navegando.

Ella sabía que lo decía muy en serio. Hizo un puchero, y respirando hondo se volvió a mirarlo.

–Te amo –susurró. Era la primera vez que lo decía desde que habían vuelto a estar juntos.

Él devolvió su mirada durante largos segundos; había un matiz triste en su voz cuando contestó:

–Yo también te amo; nunca he dejado de amarte.

Melody debería haberse sentido loca de alegría, pero no fue así; le estaba diciendo que el amor no era suficiente, y le dolió terriblemente.

–Duérmete, Melody –volvió a decir él.

En aquella ocasión ella se tumbó en silencio junto a él, sin moverse ni un ápice. Debieron de pasar entre diez y quince minutos antes de que el cambio en su cuerpo y el sonido de su respiración profunda le indicaran que se había dormido. A pesar de la pesadez de sus párpados y del cansancio de sus extremidades, la mente de Melody estaba demasiado activa para imitarlo.

Se movió con mucho cuidado para no despertarlo, volviéndose hasta que estuvo de cara al toldo de hojas que los cubría, atravesado por rayos de sol. El refugio sombreado era cálido, pero sin llegar a ser sofocante. El murmullo del agua contra el barco, el gorjeo de los pájaros y los sonidos apagados procedentes del río la arrullaron hacia un estado de somnolencia en el que Melody se sumergió encantada. No quería pensar ni razonar más, se dijo mientras su mente se ralentizaba y se hundía más y más en sus sueños. Sólo quería vivir.

Como era habitual, Zeke se despertó en un estado de alerta instantáneo. Nunca había entendido el deseo de permanecer en la cama por las mañanas, o la necesidad de despertarse poco a poco, y desde luego el concepto de desayunar en el lecho o de leer allí el periódico del domingo le era completamente ajeno. O lo había sido, antes de conocer a Melody. Se volvió a mirarla; su postura abandonada reveló que estaba profundamente dormida.

Cuando la conoció, supo que querría hacer con ella toda clase de cosas que no había deseado con las otras mujeres que había conocido. El acto sexual había sido placentero con ellas, pero el concepto de intimidad no había formado parte del trato. Nunca había querido despertarse junto a una mujer, que le preparara el baño o hacer cariñitos durante el desayuno; no había deseado que ninguna mujer formara parte de su vida. Había disfrutado de ellas, igual que ellas de él. Nada de ataduras ni de implicaciones emocionales, nada de entrar en la vida del otro más allá de los límites fijados. Y habría continuado de aquella manera, si un día no hubiera mirado hacia el lado opuesto del tribunal y quedado fulminado por un par de ojos grises en un rostro con forma de corazón.

El vestido se había deslizado de las piernas de Melody mientras dormía; el suave contorno de sus pechos y la sedosa y exquisita extensión de piel suave hicieron que su entrepierna se tensara y que su miembro se hinchara. Nunca tendría bastante de ella. Quería llenarla, poseerla completamente, hasta que para ella no existiera nadie ni nada más que él.

Había tardado un poco en darse cuenta de que no estaba tan enfadado con Melody como con su madre, con su padre, con la farsa que había sido su niñez... con todos los factores que la habían convertido en la persona que era, incapaz de confiar o creer en el sexo opuesto.

Melody decía que lo amaba, pero él no estaba seguro de cuánto; lo único que sabía con certeza era que estaba dejando que su necesidad eclipsara a su sentido común. Su necesidad de verla, de tocarla, de inhalar su aroma y su calidez. Era algo que no le sentaba nada bien al lado lógico y frío de su personalidad que lo convertía en un abogado tan bueno. Sonrió sin ganas.

Zeke estaba en pie antes de que se extinguiera el grito proveniente del río, más allá del apartado rincón en que se encontraban. Mientras saltaba a tierra, creyó oír que Melody lo llamaba, pero no se detuvo a mirar atrás; el grito había sido demasiado escalofriante. En cuestión de segundos, había llegado corriendo a la orilla de la rama principal del río, bañada por la cegadora luz solar. La zona estaba prácticamente desierta, a excepción de algunos barcos distantes y de la pequeña barca en el centro del río; en ella, una mujer joven seguía gritando con un niño en los brazos, y en el agua otro niño chapoteaba hasta que pareció hundirse como una piedra.

El zambullido de Zeke lo llevó cerca de donde había desaparecido el niño; justo cuando se dio cuenta de la hélice que cortaba el agua, y maldecía a la mujer por no apagar el motor, creyó ver un movimiento debajo de él, pero en el agua turbia era imposible estar seguro. Con las hojas giratorias peligrosamente cerca, se impulsó con las piernas, alargando los brazos hacia adelante mientras se abría camino por el agua en busca del niño...

Capítulo 8

MELODY permanecía de pie en la orilla, conmocionada; había llegado segundos después que Zeke, pero no había visto dónde se había zambullido. Lo único que pudo hacer fue gritarle a la histérica madre que apagara el motor. El agua, antes tan tentadora, era en aquel momento un escenario de terror; se abrazó la cintura, escaneando la superficie mientras la mujer sollozaba que su hijo se había caído por la borda. ¿Cuál era la profundidad del río en aquella zona? No tenía ni idea. Y en los ríos había algas, ¿verdad? Plantas acuáticas que envolvían como tentáculos las piernas de una persona desprevenida. ¿Por qué no había salido a la superficie? Debían de haber pasado por lo menos treinta segundos, un minuto, desde que se sumergió.

Cuando Zeke apareció con el niño aferrado en un brazo, Melody creyó que iba a desmayarse; sólo lo evitó el hecho de que él la necesitaba. La joven madre había perdido completamente el control, y no podía prestar ninguna ayuda; se había desplomado de rodillas y parecía incapaz de soltar al niño que tenía en los brazos. Zeke debió de darse cuenta, porque nadó hacia la orilla, atragantándose con el agua mientras jadeaba:

—Agárralo... no respira...

—¡Oh, Zeke! —en su prisa estuvo a punto de caerse al agua, aunque consiguió mantener el equilibrio y arrastrar el cuerpo horriblemente inmóvil hasta la cálida hierba.

Zeke estaba justo detrás de ella, e inmediatamente empezó a hacerle el boca a boca a aquel cuerpecito marchito. El lapso de tiempo que pasó hasta que el niño reaccionó, vomitando agua y gimiendo, se hizo interminable. Zeke levantó la mirada hacia ella mientras lo colocaba en su regazo y empezaba a frotarle la piel para infundir algo de vida a sus ateridas extremidades.

—Pide una ambulancia, ha tragado mucha agua sucia. Diles que acabamos de pasar una taberna llamada The Crosskeys, y que nos encontraremos allí. Y trae una manta.

Se volvió hacia la madre, aún histérica, y gritó a dos parejas que se acercaban en otra barca:

—Ha habido un accidente, ¿pueden ocuparse de la madre? Tráiganla hacia aquí.

Cuando Melody regresó con la manta después de llamar a la ambulancia, la otra barca acababa de llevar a la madre junto al niño, que había empezado a berrear, y uno de los hombres guiaba la barca de la mujer hacia la orilla. Dejando a las dos parejas al cargo de las embarcaciones, Zeke y Melody se dirigieron a la taberna con un niño en brazos cada uno e intentando ayudar a la madre, que parecía al borde del colapso; la ambulancia llegó poco después que ellos.

Causaron un buen revuelo en el establecimiento; no todos los días aparecía un hombre medio desnudo cubierto de cieno, cargando a un niño igualmente sucio, y en compañía de dos mujeres y otro chiquillo. Sobre todo, como más tarde comentaría la propietaria del local a una de sus clientas habituales, teniendo en cuenta que el hombre en cuestión tenía un cuerpo de infarto.

Los sanitarios intentaron convencer a Zeke de que fuera al hospital con la joven familia para que lo reconociera un médico, pero él se negó en redondo.

—Ni hablar —dijo con firmeza.

Rodeaba con un brazo a Melody, que se aferraba a él como si en aquel momento, ella se estuviera ahogando.

—Estoy bien —continuó Zeke, rotundo.

Pero podría no haber sido así. Melody trataba de controlar sus emociones, pero era muy difícil. Acababa de enfrentarse a la realidad de lo transitoria que era la vida, y era aterrador.

Cuando Zeke dio sus datos y un resumen de los hechos, la ambulancia se alejó, y Melody y él caminaron de vuelta por la orilla del río tras rechazar las bebidas que la dueña del establecimiento se empeñaba en ofrecerles. Al principio avanzaron en silencio, agarrados de la mano; la enormidad de lo que le podría haber pasado al niño si ellos no hubieran decidido atracar en aquel rincón apartado los había dejado momentáneamente mudos.

–Podría... podría haberte perdido –susurró ella cuando llegaron al yate, temblando a pesar del calor–. Creía que no saldrías nunca a la superficie.

–Hace falta algo más que una o dos gotas de agua para separarme de ti –dijo él, sonriendo. Al ver la expresión de sus ojos, la atrajo hacia sí, y su voz sonaba arrepentida cuando dijo–: no está resultando ser un día demasiado relajante para ti, ¿verdad? No es lo que había planeado.

–Lo único que me importa es que tú estás bien... y también el pequeño. No puedo creer que la madre decidiera quitarles los chalecos salvavidas a sus hijos para que durmieran la siesta.

Melody meneó la cabeza con incredulidad; no había dado crédito cuando la mujer dio su confusa versión de los hechos, diciendo que los gemelos, que tenían cuatro años y eran muy traviesos, se habían despertado y escabullido mientras ella preparaba la comida. El padre estaba en una plataforma petrolera, y por lo tanto no se podía contar con él de forma inmediata.

–Voy a ver si aquellas parejas pueden quedarse con la barca hasta que llegue alguien del astillero; ¿puedes comprobar si la ducha funciona? Necesito quitarme de encima esta mugre.

En un instante de locura, Melody estuvo a punto de decir que quería ir con él, que no podía soportar perderlo de vista ni un segundo, pero consiguió sofocar el impulso. Era una mujer adulta, se dijo severamente mientras Zeke se alejaba y ella subía al yate; no podía desmoronarse. Al fin y al cabo, todo había acabado bien, y con un poco de suerte el niño no sufriría secuelas del accidente. Pero durante aquella eternidad en la que había permanecido con la vista clavada en el agua... Melody se estremeció.

En cuanto encendió la ducha empezó a caer agua caliente, y en los estantes del pequeño baño había toallas limpias. Melody volvió a la cubierta justo cuando Zeke subía a la embarcación.

—Todo arreglado —echó un vistazo al vestido de ella, salpicado de manchas de suciedad y agua de río, y después miró sus propios pantalones—. Me siento como cuando era un crío y me decían que tuviera cuidado porque tenía que asistir a algún acto social, y yo me ponía hecho un desastre. Estaba tan acostumbrado a ir a mis anchas por aquellos espacios abiertos, que siempre se me olvidaban las órdenes de mi madre.

Ella le sonrió, mirándolo con ternura.

—Esta vez tienes una buena excusa para haberte ensuciado; además, hay agua caliente.

—Perfecto.

¿Iba a invitarla a compartir la ducha con él? Melody supo la respuesta de inmediato; Zeke estaba decidido a mantener la decisión que habían tomado cuando estaban prometidos: que su noche de bodas fuera su primera vez juntos. Melody sabía que era ella quien lo había sugerido, pero ya no estaba segura de que aún tuviera importancia, no después de los últimos seis meses, y especialmente después de lo sucedido aquel mismo día. Y, ¿qué pasaba si él decidía terminar la relación? ¿Si se cansaba de todas las complicaciones incluidas en el paquete que era Melody Taylor? Tras acercarse a él, le rodeó el cuello con los brazos y arrugó la nariz.

—Desprendes un aroma increíblemente terrenal.

–Más bien huelo a agua del río; hay una ligera diferencia –le ofreció una gran sonrisa, envolviendo su cintura con los brazos–; ¿estás mejor? –preguntó con suavidad.

–Más o menos –el tener tan cerca su cuerpo, cálido y sólido, ayudaba en algo; él podía apestar lo que quisiera, siempre que siguiera vivo y a salvo–. Zeke, estaba tan asustada...

–Lo siento, cariño.

La apretó contra su cuerpo, con la mejilla de Melody descansando sobre la parte superior de su pecho; la piel masculina era cálida, con un tacto arenoso por los restos de barro reseco. Nunca lo había deseado tanto. Melody levantó la cabeza y lo miró valerosamente.

–A mí también me vendría bien una ducha, y después podríamos utilizar la cama doble.

El cuerpo de Zeke se quedó inmóvil, aunque la expresión de su rostro no cambió.

–¿La recompensa del marinero? –preguntó tras un insoportable silencio.

–Hablo en serio –dijo ella, negándose a ceder ante su tono burlón y ligeramente provocador.

–Si es así, lo haces por las razones equivocadas.

Melody cerró los ojos. Cuando volvió a abrirlos, su rostro duro parecía cincelado en granito.

–¿Cómo puedes decir eso? No sabes lo que estoy pensando.

–Te equivocas –su voz era lenta y deliberada–. Mi trabajo consiste en leer la mente de la gente, y se me da muy bien; sé si un testigo miente antes de que haya abierto la boca, y también soy capaz de discernir qué lo motiva. Tú te has asustado mucho hoy, es una reacción lógica, pero además tienes una infinidad de emociones encontradas revoloteando por la cabeza.

Sintiéndose herida por su frialdad, Melody intentó alejarse de él, pero Zeke no se lo permitió y la sostuvo con fuerza contra sí.

–Nos separamos porque te equivocaste: emoción número uno. Quieres confiar en mí, pero no puedes: emoción número dos. Hoy te asusté, pensaste que quizás no saldría a la superficie: emoción número tres. Me amas, pero no estás segura de cuánto: emoción número cuatro...

–No –volvió a interrumpir Melody; el enfado encendió una pequeña llama en sus ojos grises–. Estoy segura de cuánto te quiero. Y deja ya el psicoanálisis; eres un abogado, no un psiquiatra.

–El uno necesita del otro.

–Confío en ti, Zeke. ¿Está claro? –dijo, mirándolo directamente a los ojos.

Quizás la certeza había estado allí durante días y ella no se había dado cuenta, pero de repente supo que era cierto. No importaba el comportamiento de su padre, ni lo que le había hecho pasar a su madre; Zeke no tenía por qué ser igual. Zeke y ella eran ellos mismos, su relación era su propio mundo privado y nada ni nadie debía afectarlo. Él era un hombre íntegro, se lo había demostrado desde el primer día.

–En este momento harías lo que fuera por mí, dirías lo que fuera, y si fueras otra clase de mujer aceptaría tu ofrecimiento y lo disfrutaría –dijo él con una sonrisa un tanto cínica.

Ella dio una patada al suelo.

–¡No seas tan cabezota! No soy una niña, puedo tomar mis propias decisiones.

–Hace una semana, aún me creías capaz de tener una aventura estando contigo, Melody –dijo, soltándola–. ¿Qué ha hecho que cambies de idea tan rápido?

Ella lo miró fijamente; no iba a creerla, dijera lo que dijese. La ironía resultaba casi graciosa; Zeke creía que ella era el obstáculo para su amor, cuando de hecho era él. Como no había nada que decir salvo la pura verdad, Melody la expresó sin medir sus palabras:

–Si lo que me preguntas es si he decidido reconocer

mis dudas y mis miedos y enfrentarme a ellos, la respuesta es «sí» –dijo, asombrada de que su voz sonara tan racional cuando por dentro estaba ardiendo–. Pero si me estás pidiendo que te explique las pesadillas, las visiones que a plena luz del día una sabe que están en su cabeza, pero cuyo origen desconoce, entonces no puedo contentarte. Sólo sé que estaba equivocada; aún vivía en la pesadilla. Pero he despertado.

Él se la quedó mirando, parpadeando rápidamente antes de pasarse una mano por el pelo.

–Éste no es el momento adecuado –repitió–. Hoy has sufrido demasiadas sacudidas.

Melody tenía ganas de darle una buena patada.

–Crees que lo sabes todo, ¿no? ¿Se te ha ocurrido pensar que puedes estar equivocado?

Zeke flexionó sus anchos hombros, y la cautela del gesto reveló que el rescate del niño le había costado más de lo que quería admitir; la asaltó una oleada de amor tan fuerte, que tuvo que morderse el labio, incluso antes de que él admitiera:

–Más veces de las que te imaginas.

–Entonces, ¿por qué no podemos dejar que las cosas fluyan naturalmente?

Por un momento pensó que él iba a claudicar; entonces Zeke respiró hondo, y dijo en voz baja:

–Lo único que dejaré fluir ahora mismo es el agua de la ducha. Lo siento, Melody, pero éste no es ni el momento ni el lugar. Si quieres ducharte, no hay problema; esperaré a que acabes.

Ella lo contempló atentamente; los ojos ambarinos eran muy directos, y la convicción en su voz absoluta. Por un momento, la cegó la indignación.

–Creo que eres un sabelotodo duro, pomposo y arrogante –dijo con furia.

–Aun así –dijo con una calma exasperante–, eso es lo que hay. Bueno, ¿quieres ducharte?

Melody le dijo lo que podía hacer con su ducha.

–Preferiría usarla de la forma tradicional, si no te importa –contestó él con las cejas enarcadas.

–Te odio.

–No, no me odias.

La atrajo hacia sí con una violencia que sugería que su fría actitud controlada era sólo superficial, y la besó hasta que ella perdió la noción del tiempo. Entonces la empujó suavemente hacia la cocina, señalando hacia la botella de champán que nadaba en el agua fría de la cubitera.

–Bebe una copa o dos, y relájate –le dijo–. Y si queda algo de café, me gustaría tomarme uno bien caliente y cargado cuando acabe de ducharme. ¿De acuerdo?

Melody asintió, asegurándose de dejar patente su enfurruñamiento. Creyó ver que la firme boca masculina sonreía fugazmente antes de que él desapareciera en la cabina posterior tras conseguir una toalla. Ella fue a tomar la botella, pero se detuvo en seco al oír el tintineo de la hebilla de un cinturón, seguido del inconfundible sonido de la cremallera de un pantalón. Aunque cerró los ojos, no pudo evitar las imágenes que tomaron forma en su cabeza; el verano anterior lo había visto en pantalón corto un caluroso día de verano, cuando jugaban al tenis con unos amigos. Tenía un cuerpo escultural, y en ese momento su imaginación llevó las cosas aún más lejos.

Cuando le oyó salir del camarote, le costó un gran esfuerzo tomar un trago aparentando tranquilidad mientras miraba por la ventana. Se negaba de plano a comérselo con los ojos como una tonta enamorada; él ya tenía el ego bastante inflado para que ella lo agrandara aún más.

–¿Te importaría cepillarlos un poco para intentar quitarles algo de barro reseco?

Melody se volvió al oír su voz; fue un grave error. Un error gigantesco. Enorme. Tragó con fuerza, pero no pudo evitar que le ardieran las mejillas.

–Claro.

Ella tomó los pantalones, que ya estaban casi secos, de sus manos, mientras él permanecía de pie en la puerta del baño; Melody intentó ignorar la interminable superficie de piel desnuda que tenía ante ella. De acuerdo, la toalla estaba en su sitio alrededor de la parte inferior de su torso, pero el poderoso y bronceado cuerpo era impresionante, expuesto de aquella manera.

—Gracias —respondió él.

«El muy canalla se muestra totalmente indiferente», pensó ella con furia mientras él le regalaba una sonrisa afable antes de volver a entrar en el baño y cerrar la puerta. No era justo. Primero la rechazaba, y después se exhibía delante de ella; lo odiaba, y no le importaba si nunca hacían el amor. Podía arreglárselas perfectamente con o sin Zeke Russell en su vida.

Tras volver a cubierta y desahogar su humillación en los pobres pantalones, volvió la cordura, y Melody admitió a regañadientes que Zeke se había sentido siempre tan cómodo con su masculinidad, que no le daría ninguna importancia a quedarse casi desnudo ante ella. No la estaba incomodando a propósito, la culpa era de ella. No sabía lo que le estaba pasando últimamente a su libido, pero si pudiera apagarla, lo haría.

Pero lo peor estaba por llegar. Tras dejar los pantalones aireándose en cubierta para eliminar los últimos restos de humedad, Melody bajó a buscar café en la despensa de la cocina; enseguida encontró un bote medio lleno, y estaba preparando dos tazas cuando la puerta del baño se abrió.

—¿Has encontrado café? Perfecto.

Melody vio horrorizada cómo entraba con la toalla alrededor de la parte baja de sus caderas. Su cuerpo de poderosa musculatura despedía un delicioso aroma a limón, el pelo húmedo estaba peinado hacia atrás, dejando su frente despejada, y en el mentón cuadrado la sombra de una barba incipiente completaba la visión demoledora que Melody tenía delante. Sonrió débilmente.

—¿Has disfrutado de la ducha? —su voz sonaba insegura, pero no pudo evitarlo.

–Nunca he agradecido tanto una –hizo un gesto hacia la cafetera–. Ha hervido.

Melody sabía que había hervido; era un reflejo de lo que estaba pasando en su interior.

–Antes... antes iré a buscar tus pantalones; se están aireando...

–No te molestes –Zeke sonrió; el tono ámbar de sus ojos parecía más dorado que nunca–. Vamos a tomar el café a la cubierta, y a relajarnos un rato. Creo que ambos nos lo merecemos.

¿Relajarse? ¿Con él desnudo? Bueno, casi. ¿Se había vuelto loco?

–Bien –podía hacerlo; la situación no iba a superarla.

Una vez en la cubierta, Zeke se sentó con las piernas en la parte inferior del frontal del yate; tomó un largo trago de café y suspiró con satisfacción.

–Vaya, realmente lo necesitaba.

–¿Cómo te encuentras? –preguntó ella mientras se sentaba a su lado con cuidado, de modo que sus cuerpos no se rozaran.

–Seguro que mejor que ese pobre chaval; al menos yo no tragué medio Támesis.

–Parecía bastante afectado cuando se lo llevaron.

Melody intentó mirar a cualquier cosa menos a la flagrante masculinidad que tenía a su lado, pero era inútil. Aunque tuviera la mirada fija en las flores de la orilla, su mente recordaba una y otra vez la imagen de unos anchos hombros, un pecho velludo y unos muslos duros y poderosos.

–Gracias por ocuparte de los pantalones.

Él se había vuelto hacia ella, y Melody sabía que parecería una cabezota si no le devolvía la mirada. Sus ojos se encontraron y ella, incapaz de articular una palabra, respondió con una sonrisa. Un petirrojo voló hasta la barandilla del barco, posándose por un momento antes de dirigirse a una de las ramas que colgaban por encima de sus cabezas. Abrumadoramente agradecida por la distracción, Melody decidió mientras seguía el vuelo del animalillo que los petirrojos eran sus pájaros favoritos.

—Es muy confiado, debe de estar acostumbrado a que la gente de los barcos le dé de comer —dijo alegremente, intentando ignorar a Zeke, que no había apartado los ojos de su rostro.

—No te estaba rechazando. Lo sabes, ¿verdad?

Su voz era suave y baja, tanto que apenas pudo oírlo. Melody permaneció sentada en silencio, incapaz de hablar, con la mirada obstinadamente fija en el petirrojo. El pájaro la miró, como extrañado de tanto interés, antes de levantar el vuelo de repente. Genial. Eso lo decía todo.

—Y si has empezado a derribar las barreras, me siento extático.

Entonces sí que lo miró.

—No lo parece.

Tuvo el detalle de parecer un poco incómodo, y Melody continuó:

—Además, ¿quién es el que no está confiando en el otro en este momento?

—Eso es injusto —contestó él, frunciendo el ceño.

Ah, de modo que estaban hablando de injusticias, ¿no?

—Y yo que creía que eras tan defensor de la verdad, toda la verdad, y nada más que la verdad —espetó ella con sequedad—. ¿O es sólo cuando se aplica a los demás?

El ceño de Zeke se profundizó, y los músculos de su mandíbula se tensaron; se estaba enfadando, y Melody sintió satisfacción mezclada con alivio. Sabía tratar a Zeke cuando estaba irritado, pero estaba indefensa cuando aparecía medio desnudo y tentador; además, se alegraba de que él se sintiera ofendido, teniendo en cuenta lo mal que ella se sentía.

—Estás siendo totalmente irracional.

—Naturalmente —contestó ella con sarcasmo—. Tú dices las verdades en aras de la honestidad y la justicia; en cambio, cuando yo señalo unas cuantas, soy irracional o tonta, o ambas cosas.

–Estás demasiado alterada emocionalmente por todo lo que ha pasado hoy para ver la situación con claridad –dijo él con voz fría.

–¿Puedes dejar de comportarte como un abogado? –Melody estaba gritando, pero no le importó–. ¡Me estás sacando de quicio! Sé sólo un hombre, para variar, un hombre normal, humano, que puede equivocarse de vez en cuando.

Melody se giró de repente, regalando a Zeke una visión fugaz de sus braguitas blancas de encaje, y se dirigió furiosa a la cocina. Él la siguió de inmediato, con cara de pocos amigos.

–Eres insuperable –masculló con tono gélido–. Decir que eres egocéntrica es quedarse corto.

–¿Ah, sí? –contestó ella.

Melody se plantó delante de él, con las manos en las caderas y la barbilla levantada en un ángulo que habría hecho que Zeke sonriera en diferentes circunstancias.

–Yo también sé insultar, que te quede claro, así que no tientes a la suerte.

–¿Qué bicho te ha picado hoy? –su enfado estaba teñido de un asombro palpable.

–¿Aparte de tener que aguantar que me trates como a una niña cuando intento explicarte mis sentimientos? –espetó furiosamente.

–No te he tratado como a una niña.

–Bueno, tampoco me has tratado como a una mujer.

–¿Qué demonios es lo que quieres de mí?

Melody nunca le había visto perder los estribos, ni siquiera cuando le había devuelto su anillo meses antes. Su voz era airada, áspera, y parecía un hombre al límite de su resistencia. Sintió un instante de temor, no desde el punto de vista físico, ya que sabía que Zeke se cortaría las manos antes de levantárselas a una mujer, sino una especie de miedo hacia la bestia que había desatado.

–Dímelo, me gustaría saberlo –masculló él entre dientes; sus ojos tenían un brillo peligroso–. Dices que no te trato como a una mujer; ¿es esto lo que quieres?

La atrajo hacia él con un tirón, y la boca masculina se apoderó de sus labios sin ninguna delicadeza mientras moldeaba su cuerpo contra el de él. La intención del beso era castigarla por sus palabras, pero eso cambió desde el primer momento; quizás fuera por la respuesta instantánea de Melody a los labios que aplastaban su boca, o porque la tensión sexual que había ardido entre ellos durante todo el día había alcanzado el punto de ebullición. Fuera lo que fuese, en cuestión de segundos sólo existían dos bocas fusionándose como si no fueran a separarse jamás, y dos cuerpos que parecían fundirse en uno solo.

Los dedos de Zeke rezumaban deseo mientras recorría con manos posesivas el cuerpo tembloroso de Melody, y ella, con los brazos rodeando el cuello del hombre en una rendición total, cedió a la necesidad de acariciar los anchos hombros antes de enredar los dedos en su cabello. La lengua masculina jugaba eróticamente en la dulzura de la boca de ella, y la fina toalla revelaba el efecto que Melody provocaba en él. Ella sintió que se derretía, y sus piernas apenas la sostenían mientras sus cuerpos se mecían en la intimidad de la pequeña cocina.

Una de las manos de Zeke se posó en la base de la espalda de ella, apretando su suavidad femenina contra su dureza henchida, y la otra cubrió uno de sus senos; el fino corpiño del vestido apenas cubría aquellas curvas plenas y doloridas de pasión que delataban su deseo. Su pasión frenética clamaba por una liberación que aplacara las llamas, y cuando Zeke la guió hacia el camarote y la cama doble, ella lo siguió más que dispuesta. Las manos femeninas se deslizaron por su fuerte espalda, empujando la toalla mientras su boca devolvía los besos salvajes y voraces del hombre.

Súbitamente consciente del cambio en él, Melody se detuvo un segundo antes de que su mente registrara la voz que provenía de fuera. Zeke se quedó inmóvil como una piedra un segundo, antes de alejarla de su cuerpo y de asegurar la toalla más firmemente alrededor de sus caderas.

Ella se quedó en el punto exacto en que la dejó, y oyó cómo él atravesaba la pequeña cocina y respondía a la llamada desde uno de los tres estrechos peldaños que conducían a la cubierta. Melody supo por qué no había subido arriba del todo cuando recordó la tensa dureza de su erección, y se dio cuenta de que tendría que ir a echar una mano; sin embargo, no se movió.

Oyó lo suficiente para entender que una de las dos parejas había ido a avisarles de que el trabajador del astillero había ido a por la otra embarcación, y ellos continuaban su camino; poco después oyó el tintineo de la vajilla y el sonido de la cafetera. Pasaron varios minutos hasta que Zeke apareció en la puerta, vestido con la camisa y los pantalones, aunque descalzo.

–El café está listo –dijo sin más–. El de antes se había enfriado.

Melody se lo quedó mirando por un momento antes de caminar hacia la cocina, deseando que su corazón dejara de latir tan ensordecedoramente en sus oídos, rezando por que su temblor no fuera visible; se sentía entumecida, irreal. Él no había vuelto a su lado. No sabía si sentía alivio o decepción; lo único que sabía era que él no había vuelto.

Zeke le dio el café, y ella envolvió instintivamente la taza con los dedos. De repente, se sintió fría, helada. Sus ojos se encontraron, y por un segundo creyó ver un destello de incertidumbre en su rostro, pero decidió que era imposible. ¿Por qué iba a sentirse inseguro Zeke? Él siempre había tenido el control de su relación, y prueba de ello era lo sucedido en los últimos minutos.

–No quiero que nuestra primera vez sea encajonados

en una diminuta embarcación –dijo, inexpresivo–. ¿De acuerdo?

Melody se bebió el café sin responder, agradeciendo la fuerza que la bebida infundía a sus pesadas extremidades.

–Perdona –continuó él; su voz sonaba hueca, vacía–. No debería haber permitido que llegara tan lejos; pero debes estar segura, de lo que sientes y de tu decisión. No quiero arrepentimientos.

–Arrepentimientos de quién... ¿tuyos o míos? –preguntó ella con rigidez.

–De ninguno de los dos; soy lo bastante egoísta para admitir que lo hago por los dos.

No volvieron a hablar mientras bebían el café; el silencio vibraba con la tensión, pero Melody era incapaz de romperlo o de actuar con naturalidad. Por primera vez desde que habían vuelto a estar juntos, Melody reconoció que su relación era ligeramente diferente a como había sido antes de la ruptura. No acababa de entender de qué se trataba, pero tenía que pensar en ello cuando estuviera a solas.

Echó un vistazo a su reloj; eran casi las seis. Él esperaba pasar el resto del día juntos, pero Melody se sentía incapaz. No podía soportar su cercanía, su atracción magnética, hasta que hubiera aclarado las cosas en su mente. Tragó con dificultad.

–Tienes razón –dijo con voz quebrada–. Estoy alterada, y todas estas emociones me han dejado exhausta. Podríamos... ¿podríamos volver ya, por favor? Me gustaría acostarme pronto, si no te importa. Me duele la cabeza –era totalmente cierto, parecía que le iba a estallar.

–Si es eso lo que quieres –el rostro de Zeke era inescrutable.

–Sí.

Él asintió, y tras dejar la taza vacía en la mesa, salió de la cocina sin añadir nada más.

Capítulo 9

UANDO el teléfono la despertó a las ocho de la mañana siguiente, Melody sentía como si tuviera una resaca atroz, aunque era el agotamiento el que hacía que le martilleara la cabeza y que tuviera náuseas. Cuando Zeke la había dejado en su casa la noche anterior, ella estuvo paseándose por su apartamento hasta muy tarde, y finalmente se había quedado dormida cuando las primeras luces del amanecer asomaban titubeantes por la ventana.

Soltando un gemido, rodó sobre su espalda y se sentó antes de descolgar el teléfono con dedos entorpecidos aún por el sueño; tenía la boca completamente seca.

–Melody Taylor –dijo cansadamente, con voz ronca.

–¿Melody? –la voz de Anna sonaba insultantemente alegre–. ¿Por qué no me has llamado? ¿Has oído los mensajes que te dejé ayer en el contestador?

Melody no había comprobado si había mensajes.

–No –contestó, sin ofrecer más explicaciones.

–Oh –tras una breve pausa, Anna continuó–: ¿estás bien?

–Migraña –no era del todo cierto, y no debería mentir al respecto, pero su madre las padecía y era la única excusa capaz de cortar la conversación.

–Pobrecita –dijo su madre con voz distraída–. Entonces, no te apetecerá venir a comer; ayer recibí buenas noticias sobre el caso, y quería invitaros a Zeke y a ti para comentarlas. Él ya me ha confirmado que vendrá. Llamó anoche –añadió con intención.

Pues qué bien. Melody echó una mirada irritada al teléfono, decepcionada porque no veía el rostro de Zeke al enterarse de que ella no podía soportar la idea de verlo. Y Melody no podía verlo, no hasta aclarar sus ideas. Cuando la noche anterior él había sugerido quedar para comer, ella le había dado largas argumentando que no se encontraba demasiado bien, y que ya lo llamaría por la mañana para decirle cómo estaba.

–Voy a pasar el día en la cama –dijo Melody en voz baja, intentando parecer convincente–. Mañana me espera un día duro en el trabajo, y necesito recuperarme. Iba a llamar a Zeke para decírselo, pero tú podrías hacerlo por mí, ¿verdad?

–¿Yo? –preguntó su madre con tono sorprendido–, bueno, sí, naturalmente, si tú quieres.

–Gracias –no quería prolongar la conversación–. Adiós, mamá –dijo, y colgó el teléfono; sólo entonces se dio cuenta de que no había preguntado cuáles eran las buenas noticias.

Melody decidió que, después de la mala noche que había pasado, se merecía quedarse hasta tarde en la cama, así que volvió a tumbarse; sin embargo, sabía perfectamente que no podría dejar de pensar en Zeke. Lo siguiente que supo fue que Caroline estaba aporreando la puerta.

–Madre mía, Mel. Debes de haber pasado una noche increíble con tu Romeo, para tener esa pinta –saludó alegremente la pelirroja cuando entró con paso brioso en el apartamento.

Melody hizo una mueca; era un poco difícil asimilar tanta exuberancia cuando ni siquiera se había tomado una taza de café.

–No exactamente –dijo con calma; cerró la puerta y fue hacia el rincón de la cocina–. Estaba a punto de preparar café. ¿Quieres uno?

–Si lo acompañas con un par de tostadas con mermelada.

Caroline le ofreció una amplia sonrisa; días atrás se

había hecho unas mechas negras en el puntiagudo cabello rojo, y el resultado era desconcertante, aunque atractivo... al menos en ella.

–Bueno –continuó, sentándose en el filo de la cama–, si tus ojeras no son el resultado de una noche de pasión desenfrenada con Don Bragueta, ¿qué es lo que pasó?

Sin entrar en detalles sobre la escena en el camarote, Melody le contó lo sucedido; cuando terminó, Caroline, que se había quedado con la boca abierta, preguntó con incredulidad:

–¿Me estás diciendo que fue él el que paró?

Melody frunció el ceño; no hacía falta que echara sal en la herida.

–Sí.

–Y él nunca ha... tú nunca has...

–No. Es decir, él sí, con otras mujeres; pero cuando empezamos a salir, le dije que quería esperar, así que... –se encogió de hombros.

–Increíble –Caroline se la quedó mirando–. No hay otro como él escondido por ahí, ¿verdad? Aunque yo no querría que esperara, claro; de hecho, probablemente le habría quitado los pantalones antes de que pudiera abrir la boca, pero que sea tan considerado contigo como para esperar... es de ensueño –tras dar un pequeño suspiro, frunció el ceño–. Pero si eras tú la que quería esperar a tener la bendición y todo eso, ¿qué problema hay?

Melody dejó las tostadas y el café de Caroline en la mesa del comedor antes de ir a por su desayuno; cuando ambas estuvieron sentadas, dijo:

–No es tan simple, ya no. Él no cree que confío en él, piensa... –meneó la cabeza–, no sé lo que piensa –acabó con tristeza–; aparte de que no lo amo lo suficiente y que no confío en él.

–No puedes culparlo –dijo Caroline muy suavemente tras terminar su primera tostada.

–¿Qué? –Melody no podía creer lo que estaba oyendo; su vecina siempre estaba de su parte.

La mirada de Melody hizo que Caroline se revolviera, incómoda, pero se mantuvo firme.

–Míralo desde su punto de vista, Mel –dijo, y empezó a contar con los dedos–: el hombre es un candidato a la santidad, y lo abandonas por unas fotos amañadas que tu madre consigue a través de un detective privado. «Un detective privado» –enfatizó, como si Melody fuera dura de oído–. Reapareces seis meses después, y tras un pequeño tira y afloja todo es de color de rosa, descubre que vuelve a ser el chico de moda; yo creo que es suficiente para confundir a cualquiera, sobre todo porque has pasado de inocente violeta a planta carnívora... hambrienta de hombre.

Su relación con Zeke vista a través de los ojos de Caroline; Melody no sabía si reír o llorar.

–No es así –dijo finalmente.

Caroline acabó su tostada y se chupó los dedos a conciencia.

–¿No admites que le has enviado algunas señales contradictorias al pobre hombre? –preguntó en voz baja, muy seria de repente; sus grandes ojos azules reflejaban preocupación por su amiga.

–No lo sé. Quizás... sí, supongo que sí –admitió Melody por fin.

–¿Pero aún se aferra a lo vuestro?

Melody no lo habría expresado así, pero...

–Sí –dijo–, sí, supongo que sí.

–Entonces, y perdona si se me ha escapado algo, ¿por qué eres «tú» la que está enfadada con «él»?

Dicho así, lo cierto era que Melody no estaba segura; miró a su amiga con impotencia.

–Mira, sé que tu madre no te hizo ningún favor trasteando con tu cabeza desde pequeña, pero ¿no puedes darle un respiro al pobre? Dices que confías en él; pruébalo. Confía en que no te dejará plantada mientras se da cuenta de que hablas en serio. En vez de insistir en que tiene que creerte de inmediato, tómate tu tiempo y de-

muéstraselo; relájate un poco –Caroline sonrió alegremente–. ¿De acuerdo? A lo mejor ve la luz antes de lo
que crees.

Se puso de pie; Melody, pensativa, se quedó sentada.

–Voy a ducharme, y después descansaré un rato; anoche tuve una cita caliente –dijo mientras iba hacia la
puerta; la abrió y añadió–: y el precio de tanta sabiduría
y experiencia es que quiero ser dama de honor; por alguna razón, mis otras amistades se niegan a darme la oportunidad.

Melody miró el delicado rostro debajo de las púas rojas y negras; con los restos de maquillaje, los ojos azules
recordaban los de un oso panda. Sonrió con genuino
afecto.

–No entiendo por qué –dijo con suavidad–. No puedo
pensar en nadie mejor que me apoye en un día tan importante. Hasta puedes elegir el color del vestido... siempre que no sea negro –se apresuró a añadir–. Te das
cuenta de que esto es hipotético, ¿verdad? En este momento, Zeke puede estar pensando que sería mejor buscar a alguien sin tantos problemas.

–¿Dónde está esa confianza? –Caroline meneó la cabeza–. Creo escuchar los ecos de tu mami; repite después
de mí: confiaré en Zeke, y no estoy como una cabra.

–Confiaré en Zeke, y no estoy como una cabra.

–Buena chica, repítelo cien veces al día. Y en cuanto
a lo de ayer... dile que tenías síndrome premenstrual. Yo
lo hago, es fantástico ser mujer, ¿verdad? –rió, cerrando
la puerta tras ella.

La sonrisa de Melody se desvaneció; daría lo que fuera
por ser como Caroline. Una vocecita en su cabeza susurró:
«pero en ese caso, Zeke no te querría, porque se ha enamorado de ti». No de Caroline, ni de ninguna de las mujeres
que había conocido; se había enamorado de ella.

Súbitamente hambrienta, preparó otra taza de café y
otra tostada; tenía mucho en qué pensar, y era más fácil
hacerlo con el estómago lleno. Era normal que su rela-

ción fuera diferente, se dijo un rato después; se había
preocupado sin necesidad. Después de todo lo sucedido
era inevitable, pero no significaba que las cosas tuvie-
ran que ser peores que antes; incluso podían ser mejores, ya que estarían más unidos tras enfrentarse a sus
miedos; como Caroline había dicho, Zeke se aferraba a
la relación. Eso tenía que significar algo... tenía que
significar muchísimo.

Melody pasó el resto del día limpiando, y por la tarde
se permitió el lujo de darse un largo y relajado baño; se
hizo la manicura y la pedicura, y utilizó un pintauñas que
Caroline le había regalado; era de un rojo profundo, muy
distinto de los colores pastel que solía usar, y le sorprendió lo bien que la hizo sentir. Estaba sentada en un apartamento impoluto, con el pelo reluciente, la piel tersa y
las uñas clamando su declaración de intenciones, cuando
a las ocho sonó el teléfono. Supo antes de descolgar que
se trataba de Zeke.

–Hola.

Su voz era cálida y profunda, y Melody sintió que la
recorría un estremecimiento.

–¿Cómo te encuentras? –preguntó él.

Por un segundo pensó que se refería a lo sucedido entre ellos, pero recordó que se suponía que tenía migraña.
Qué marañas se formaban al intentar mentir.

–Mucho mejor, gracias –contestó con voz baja–. Has
comido con mi madre, ¿no?

–Una comida deliciosa; es una excelente cocinera.

Era cierto, pero nunca pensó que oiría a Zeke elogiar
a su madre.

–Más tarde tomamos el té. Bollos con mermelada de
fresa y pastel casero.

Melody agrandó los ojos; intentando ocultar su asombro, dijo:

–¿Te quedaste a tomar el té? ¿Se alargó tanto la conversación de negocios?

–No –su tono era despreocupado–. Arreglamos el

asunto bastante pronto; la parte contraria acepta un pago extraoficial por los daños ocasionados, pero lo principal es que han aceptado seguir trabajando con la empresa de tu madre. Si hubieran dejado de hacer negocios con ella, pronto se habría corrido la voz de que no era una proveedora fiable, por no decir que hablamos del principal cliente de Anna; así que bien está lo que bien acaba.

–Oh, Zeke, gracias –intentó contener su emoción; después del día anterior, él ya la consideraba bastante inestable–. No sabes lo que esto significa para ella.

–Tengo una ligera idea; pasó media hora llorando, y después insistió en que me quedara a pasar la tarde y a tomar el té. Incluso entonces tuve problemas para irme.

Y decían que no existían los milagros. Melody respiró hondo e hizo acopio de valor.

–Siento lo de ayer –dijo–. Fue culpa mía; me equivoqué hace seis meses, y ambos sufrimos por ello, pero quizás a la larga era necesario que ocurriera algo así, que pasara algo que... que me despertara. Y he despertado, Zeke; espero que algún día me creas. Pero sé que por ahora los dos necesitamos tomarnos las cosas con calma, sobre todo yo –añadió con cierta tristeza.

Hubo un largo silencio, y el corazón de Melody latió con fuerza. ¿Se habían equivocado Caroline y ella? Después de todo, su vecina sólo conocía la historia desde un punto de vista; si Melody había hecho que malinterpretara la situación... se obligó a permanecer callada.

–Te amo –dijo él por fin, con voz ronca.

Gracias a Dios que no se había precipitado en sacar conclusiones apocalípticas.

–Yo también te amo –contestó un tanto temblorosa.

–Todo saldrá bien.

–Lo sé –ella no aceptaría otra cosa.

–Pero... –se detuvo un segundo–, tengo que volar a Estados Unidos esta noche. Estoy esperando el taxi.

«¡Pero eso está más lejos que Escocia!» Melody desechó de inmediato el ridículo pensamiento.

–¿Cuánto tiempo vas a estar fuera? –consiguió decir–, ¿y qué pasa con la boda de Brad?

–Afortunadamente, celebramos la despedida de soltero hace un mes; de todos modos, tengo que estar de vuelta para el jueves por la noche, porque el viernes me tengo que ocupar de mil y un detalles en calidad de padrino. Pero no habrá problema.

–Te echaré de menos; primero Escocia, y ahora esto.

–Es de locos, ¿verdad? –dijo él con voz suave–. No he tenido un caso fuera de Londres en meses, y en cuanto volvemos a estar juntos me surgen dos. Lo siento, cariño.

–Cuestión de suerte –se alegraba de que su voz sonara tranquila, porque su decepción era enorme–. Supongo que no puedes escaparte, ¿no?

–No. Es un caso muy difícil, y llevo meses trabajando en él. Recibí una llamada cuando estaba con tu madre, y ya me han reservado plaza en un vuelo que sale antes de medianoche.

–¿Me llamarás a pesar de la diferencia de horario?

–Cada noche. Mira, voy a tener que irme. Tengo que llamar al despacho y pasar a buscar unos documentos de camino al aeropuerto. Lo siento, cariño. Intentaré llamarte después.

–De acuerdo –Melody no quería que colgara el teléfono; ojalá lo hubiera visto ese día, ojalá el día anterior no hubiera sido un desastre. Preguntó con rapidez–: ¿cómo estás después de tu chapuzón en el Támesis?

–Bien.

Se dio cuenta de que Zeke sentía alivio al ver que ella se tomaba tan bien lo de aquel súbito viaje, y de repente reparó en que sin duda Angela volvería a acompañarlo.

–Adiós, cariño –dijo él en voz baja–. Pórtate bien.

–Tú también; no trabajes demasiado duro –dijo con valentía.

En cuanto colgó, surgió la idea: llamaría a un taxi e iría al aeropuerto. Se despediría de él en condiciones, quizás podrían tomar un café si había tiempo. No quería ser fuerte, quería verlo. «¿Y qué pasa con Ángela?» Melody cerró los ojos con fuerza. Tendría que decirles adiós mientras se iban juntos, ofrecer una brillante sonrisa, ejercitar su confianza; ¿podría hacerlo?

Se lo debía. Si iba a empezar a demostrarle su confianza, tenía que empezar en ese momento. «¿Y si llegas al aeropuerto y se muestran demasiado amistosos entre ellos?», pensó. No. Abrió los ojos, y sus labios se apretaron con decisión. Nada de miedos. Una secretaria y su jefe debían llevarse bien para que la relación laboral funcionara, pero Zeke sabía fijar los límites.

«Pero es tan atractivo... siempre ha destacado como un galán de cine»; ¡incluso se había ganado a su madre! Ningún otro hombre lo habría conseguido. Melody descolgó el teléfono; Zeke no tenía la culpa de su aspecto ni de aquel magnetismo especial que hacía que fuera pura dinamita, eso era cuestión de genes. Pero sí que era el responsable de su ética, de su código moral, de sus principios... y nunca le había dado razones para desconfiar de él. Con la decisión tomada, llamó a un taxi y se apresuró a prepararse. Se detuvo antes de tomar los primeros vaqueros viejos que encontró; quizás Zeke no estuviera interesado en su secretaria, pero no estaría de más mostrarle a la otra mujer que ella no tenía nada que envidiar. Se puso unos vaqueros nuevos ceñidos y una camiseta de cachemir negra de manga corta que le rozaba la cintura. Su cabello estaba perfecto, y con un ligero toque de maquillaje estuvo lista justo cuando llegaba el taxi.

Tenía la piel de gallina mientras corría hacia el vehículo; «estás haciendo lo correcto», se dijo por enésima vez. Y si Ángela la consideraba exagerada o posesiva por aparecer así... bueno, tanto mejor. Entornó los ojos, mirando por la ventana mientras el taxi aceleraba; las mejores reglas eran las que quedaban claras sin tener que decirlas en voz alta. Sólo esperaba que Zeke se alegrara de verla.

«Por favor, que todo vaya bien», rogó en silencio durante todo el viaje.

Melody llegó quince minutos antes de que Zeke pisara el aeropuerto, y lo esperó cerca del punto de facturación. Lo vio mucho antes de que él se diera cuenta de su presencia, y su corazón latió con fuerza mientras lo veía acercarse. Tenía el ceño ligeramente fruncido, y obviamente su mente estaba a kilómetros de allí. Como siempre, la multitud se abría a su paso; él no se daba cuenta de ello, pero siempre sucedía así. «¿Por qué?», se preguntó ella; supo la respuesta de inmediato: fuera por el motivo que fuese, era la misma razón que provocaba que las mujeres se desmayaran y que los hombres se sintieran privilegiados de ser sus amigos.

Lo amaba, lo amaba tanto... esperó a que él se diera cuenta de su presencia.

Zeke sabía que estaba de mal humor, lo había sabido antes de que el taxista se ofendiera por sus secas respuestas; cuando le había dado una generosa propina a modo de disculpa, el hombre masculló su agradecimiento. «Lo que pasa es que no quiero viajar», se dijo con irritación; por primera vez en su vida, habría dejado que otro se ocupara de uno de sus casos, de un caso que le había costado sangre, sudor y lágrimas. Duffy o Cornwell podrían haber ido, pero el cliente no se había dejado convencer; así que allí estaba, a punto de pasar varios días fuera, sin posibilidad de ver a Melody ni de saber lo que sentía sobre el desastre del día anterior.

Lo había hecho todo mal; mientras caminaba por la terminal estaba de nuevo en el barco con ella, veía su rostro, su mirada. Cuando ella confesó que confiaba en él, Zeke se había mostrado insensible, pero lo cierto era que no había podido encontrar las palabras adecuadas para expresar lo que sentía. Él, el gran abogado implacable; su trabajo consistía en saber exactamente qué decir y cuándo. ¿Por qué se esfumaba esa capacidad cuando estaba con ella?

Zeke gimió para sí. Había sido un día desastroso, incluso antes del incidente con el niño; lleno de tensión, de dolor... por el amor de Dios, ¿qué estaba haciendo? Ella le había vuelto a decir por teléfono esa noche que se había dado cuenta de su equivocación, que se había enfrentado a esa realidad y la había superado. Él sólo tenía que creerlo, así que, ¿cuál era el problema? ¿Por qué aún no le había vuelto a pedir que se casara con él? Por cobardía. Le aterrorizaba confiar en ella y que volviera a abandonarlo, porque a pesar de lo que había dicho, no creía poder volver a pasar por aquello, no sin desmoronarse. Y Zeke Russell no se desmoronaba, ¿verdad? El gran hombre, el abogado despiadado y ganador.

Melody era su talón de Aquiles. Con ella, era tan vulnerable como cualquiera, y era algo que le aterraba. No había comprendido el poder que tenía sobre él hasta que lo dejó; el golpe emocional había sido brutal. Ella lo descolocaba por completo, lo había hecho desde que la conoció, pero no podía vivir sin ella. Sus ojos se entrecerraron mientras caminaba hacia el punto de facturación; todo aquello de esperar a estar seguro de que ella confiaba en él... no podía mantenerlo. El día anterior era prueba de ello: había estado a punto de poseerla en aquella minúscula cama, en un barco, donde cualquiera podía interrumpirles; ¿en qué había estado pensando? No había pensado, ése era el problema. No había podido, con el aroma y el tacto de la piel de ella en sus ojos, en su nariz, bajo sus manos. Había querido comérsela viva.

–¿Zeke?

Teniendo en cuenta el hilo de sus pensamientos, cuando Zeke oyó el susurro tras él lo ignoró, pensando que estaba en su cabeza. Pero se volvió cuando volvió a oírlo, y allí estaba ella, delante suyo. Todo lo que él había deseado jamás y desearía por el resto de su vida.

–Tenía que venir, ¿te molesta? –dijo ella; sus manos mostraban nerviosismo, pero su rostro rebosaba amor.

Él dejó caer su equipaje, y con una risa ahogada la abrazó como si nunca fuera a soltarla.

–¿Que si me molesta? –susurró en la suave piel del cuello femenino–, ¿de qué estás hablando? ¿No te das cuenta de que eres mi mundo, mi existencia? ¿Cómo iba a molestarme tenerte aquí?

La besó, aplastando su boca bajo la de él, su deseo tan intenso que olvidó dónde estaban. Melody devolvió el beso, apretándose contra él como si quisiera fundirse con su piel. Ninguno supo el tiempo que permanecieron así, pero al fin se separaron ligeramente.

Melody contempló su rostro adorado, y supo que el tiempo del control y la cautela había pasado. Zeke poseía su mente, su corazón y su alma; ella estaba completamente indefensa ante él, pero no importaba, ya que él había dicho que ella era su mundo, y lo creía.

–Te quiero tanto –murmuró ella–. Tenía que venir y decírtelo antes de que te marcharas. Sé que sólo van a ser unos cuantos días, pero me parecerán una eternidad, sabiendo que estás lejos.

–Y yo te amo, mi vida; te he amado desde el mismo momento en que te vi. Fue como un relámpago fulminante, y no he vuelto a ser el mismo. Pregunta a cualquiera de mis amigos.

Volvió a besarla, acariciando su rostro con ternura.

–Jamás podrá haber nadie más para mí. ¿Me crees?

Melody asintió con la cabeza, incapaz de hablar.

–¿Me crees de verdad, sin reservas?

–Con todo mi corazón –finalmente había encontrado las palabras adecuadas.

–Melody, nunca pensé que haría esto en un lugar público –dijo con cierta desesperación–, quería que fuera como la vez anterior, en una cena a la luz de las velas, con rosas, el anillo y todos los detalles, pero necesito decirlo. ¿Te casarás conmigo? ¿Pronto, muy pronto?

–Sí, por favor –contestó ella de inmediato, sin rastro de duda–. Y éste es el lugar perfecto.

–¿De veras?

–Sí. Tú estás aquí, así que es perfecto –Melody rodeó el cuello masculino con los brazos.

En esa ocasión, el beso fue largo y lento; finalmente, Zeke levantó la cabeza con un suspiro.

–Ojalá no tuviera que irme –dijo con voz ronca–, el momento es pésimo.

–No tienes que marcharte ahora mismo, ¿verdad? –preguntó ella, angustiada.

Él la apretó contra su cuerpo, envolviéndola en un abrazo protector.

–Claro que no. Mira, deja que facture y después iremos a hablar a algún sitio, a tomar un café.

Melody asintió, y su voz sonó tranquila cuando dijo:

–¿Qué pasa con Angela? ¿Has quedado con ella en un lugar concreto, o en la sala de embarque?

–¿Angela? –Zeke frunció el ceño, y después pareció comprender–; oh, Angela. No me acompaña. Me preocupó que tuviera que volar cuando fuimos a Escocia, y este viaje es mucho más largo; allí me asignarán una secretaria en caso necesario, no es problema.

–Bien –ella lo miró, sin acabar de entenderlo. ¿Por qué le preocupaba que Angela volara?

–Vuelvo en un segundo.

Zeke fue a facturar antes de que ella pudiera preguntarle, pero el alivio que Melody sintió era innegable; nunca había sentido celos antes de conocerlo, pero tampoco se había enamorado nunca. Sin embargo, no habían pasado ni diez segundos cuando la mujer en cuestión pasó por su lado; Melody se sorprendió tanto, que lo único que pudo hacer fue observar cómo Angela se acercaba a Zeke y le daba un golpecito en el hombro. Estaba demasiado lejos para oír lo que decían, pero vio que la secretaria le daba una carpeta de plástico llena de papeles.

El corazón de Melody empezó a latir con fuerza; no

la había visto hasta que pasó por su lado, pero por detrás Angela tenía un aspecto fantástico, demasiado bueno para las diez de la noche de un domingo. Si no se había arreglado para Zeke, ¿por qué estaba tan bien peinada? ¿Y por qué llevaba aquel vestido tan sofisticado y vaporoso, y aquellas elegantes sandalias? «Detente», se dijo. La otra mujer podía vestir lo que quisiera, no todo el mundo utilizaba los domingos para relajarse. Además, lo importante no era lo que Angela quisiera, sino lo que quisiera Zeke; Melody sabía que las mujeres siempre se sentirían atraídas hacia él.

Sin embargo, no podía quitarles la vista de encima. Vio que Zeke decía algo y sonreía, y que señalaba en su dirección antes de hacer un gesto hacia ella. Melody se obligó a devolverle la sonrisa, y cuando empezaron a caminar hacia ella, vio algo que explicaba el vaporoso vestido: obviamente, Angela estaba embarazada.

–Melody, no conoces a mi secretaria, ¿verdad? –preguntó él mientras rodeaba la cintura de Melody con un brazo, antes de mirar a la otra mujer–. Angela, te presento a mi prometida.

–¿Prometida? –los ojos cuidadosamente maquillados de la mujer se agrandaron, pero se recuperó rápidamente; sin hacer preguntas, se limitó a decir–: encantada de conocerte, Melody.

–Lo mismo digo –mintió ella.

–Llamé a Angela para decirle lo del viaje, y ella no recordó hasta después que había tomado uno de los documentos que voy a necesitar, para trabajar en él –dijo Zeke, levantando la carpeta.

–Llamé a su casa y a su oficina, pero ya debía de haber salido –dijo Angela–, así que hice que mi marido me llevara a recoger los documentos a la oficina, y que luego me trajera aquí –le ofreció una perfecta sonrisa a Melody–. Me está esperando, así que tengo que irme.

–Gracias por esto –Zeke señaló la carpeta.

–De nada –dos hoyuelos relucieron en su rostro cuando sonrió a Zeke–. Los padres de Simon están de visita, fue una buena excusa para despacharlos –volviéndose hacia Melody, explicó–: viven en España, y han venido en una visita breve para ver a la hermana de Simon, que acaba de dar a luz a su primer nieto. No se esperaban esto –señaló hacia su estómago–, teniendo en cuenta que sólo llevamos casados dos meses. Pensábamos decírselo cuando hubiera nacido, pero nunca se pueden planificar las cosas. Son agradables, pero un poco estirados.

Melody se sentía desconcertada; tenía la impresión de que Angela y Caroline congeniarían.

–¿Para cuándo lo esperas? –preguntó con amabilidad.

–Para la primera semana de octubre –frunció su hermosa naricilla–. No lo planeamos muy bien, ¿verdad? Hará frío. Claro que, como habrás imaginado, sucedió sin planearlo.

Angela soltó una risita igual a las de Caroline; cuando un piloto extremadamente atractivo pasó por su lado, ella lo siguió con la mirada por un segundo.

–En fin –continuó, volviendo a mirar a Melody–, ahora estamos encantados con la idea, estoy deseando ser mamá, aunque me siento mal por dejar tirado a Zeke. Simon quiere criar al niño lejos de los humos de la ciudad, así que nos mudamos al campo, entre barro y estiércol –dijo desconsolada, mirando hacia un atractivo ejecutivo que pasó cerca–. Debo irme, adiós.

Podía estar equivocada, pensó Melody mientras la veía alejarse sobre sus tacones de aguja, pero sospechaba que Simon creía que tendría más posibilidades de seguir siendo el marido de Angela si estaba escondida en el campo criando un bebé. Sin embargo, se limitó a decir:

–No me dijiste que Angela estaba embarazada.

–¿Acaso importa? –contestó él; su sorpresa era evidente.

Para ser un hombre tan astuto, a veces podía ser muy obtuso. Melody sonrió.

–No, no importa –contestó.

–Maldita sea, lo único que puedo ofrecerte es un café con un millón de personas alrededor –dijo él–. Cuando lo que quiero es que estemos a solas y que nos olvidemos del resto del mundo.

–¿Qué me dirías si estuviéramos a solas? –preguntó Melody mientras empezaban a caminar.

–No estaba pensando en mantener una conversación –la acercó aún más a su cuerpo–, así que quizás es una suerte que tenga un par de días para enfriarme y recuperar el control.

–¿Zeke Russell a punto de perder el control? Eso nunca.

–Señora, no tiene usted ni idea.

Zeke llevó dos tazas de café y unas pastas al rincón más apartado de la cafetería, pero sólo tenían ojos el uno para el otro; con los dedos enlazados, mirándose a los ojos, murmuraron palabras de amor hasta que Zeke tuvo que marcharse. Melody lo acompañó hasta donde pudo, decidida a que él no se fuera con el recuerdo de sus lágrimas; lo estaba consiguiendo hasta que él la abrazó y la apretó contra su cuerpo sin prestar atención a la gente. Su abrazo contenía toda la agonía y las ansias de los últimos seis meses, y fue demasiado para ella. Melody empezó a llorar, aferrándose a él como si su vida dependiera de ello.

–Regresaré en unos días, y después de la boda de Brad hablaremos de la nuestra, ¿de acuerdo? ¿Por qué no buscas ese vestido blanco mientras estoy fuera?

Su voz era ronca, y Melody se obligó a dejarlo ir; retrocedió un poco, pero se mantuvo en el refugio de sus brazos mientras levantaba la mirada hacia él; su boca era suave y vulnerable.

–¿Te importaría que pidiera un permiso especial para casarnos cuanto antes? –dijo él, trémulo–. Conozco al director de un gran hotel, especializado en bodas de ensueño; pondrá todos los medios para que sea una ceremonia hermosa. Si le explico lo que queremos, se ocupará de todo.

–Sólo te quiero a ti –susurró ella con ojos luminosos.

Zeke sonrió, atrayéndola de nuevo hacia él con una mano en su espalda; con la otra acunaba su cabeza y la acariciaba. Ella sintió que un escalofrío recorría el cuerpo masculino cuando él posó los labios en su sedoso cabello rubio.

–Quiero que sea lo que siempre has soñado –murmuró–. Tenemos el resto de nuestras vidas para disfrutar el uno del otro, y yo pienso disfrutar de ti, no lo dudes.

–Una vida no será suficiente –susurró ella.

–Entonces me aseguraré de que tengamos dos, tres, las que quieras –prometió apasionadamente, besándola una última vez.

–¿Un millón?

–Un millón.

Melody consiguió despedirse de él con una sonrisa trémula en los labios.

Capítulo 10

URANTE los días siguientes, Melody vivió para las llamadas de Zeke. Aún realizaba su trabajo con su habitual eficiencia, pero le asombraba que nadie se diera cuenta de que actuaba automáticamente; aquello sólo confirmaba que era mejor actriz de lo que pensaba. Para su estupefacción, Anna se mostró comprensiva cuando le dio la noticia; Caroline, por su parte, estuvo a punto de derrumbar las paredes de la casa, lo que no la sorprendió.

–¡Lo sabía! –la pelirroja hizo una pequeña danza de la victoria por el apartamento antes de derrumbarse en el sofá, exhausta–. Lo sabía. Lo hiciste, ¿verdad? ¿Te hiciste la dura? Les encanta lo de yo, Tarzán, tú, Jane. Nunca falla.

Melody no tuvo el valor de decirle que había ido corriendo al aeropuerto tras él.

–¿Serás la dama de honor? –preguntó–; por lo que Zeke dijo, tenemos semanas, por no decir días, para encontrar los trajes. ¿Tienes alguna hora libre al mediodía esta semana?

–Todas –contestó Caroline de inmediato; con una vulnerabilidad conmovedora, añadió–: no estás obligada; sé que jamás podría ser la típica dama con flores en el pelo y vestido color limón pálido, y no querría estropear las fotos de la boda. Tendré bastante asistiendo a la ceremonia.

–Bueno, pues yo no –dijo Melody con firmeza–. Quiero que tú seas la dama de honor, y de todos modos nunca me ha gustado el color limón pálido.

Para cuando Melody fue a recibir a Zeke al aeropuerto el jueves por la noche, ella tenía su vestido de cuento de hadas, y Caroline algo que les gustaba a ambas.

Cuando las frases de amor entrecortadas salpicadas de besos y caricias hubieron remitido un poco, Melody le dijo a Zeke que le había pedido a Caroline que fuera la dama de honor. Supo por qué lo amaba tanto cuando él dijo sin inmutarse:

–Perfecto, ningún problema. Será mejor que le digas que esté preparada de aquí a dos semanas.

–¿Dos semanas? –exclamó ella con un gritito–, ¿tan pronto?

–Por supuesto –dijo él, devorándola con los ojos–; Brad volverá de Venecia uno o dos días antes, así que hará los honores como padrino. El hotel está reservado, y ya se ha avisado al oficiante; las flores, el pastel, los coches y la alfombra roja están en marcha.

–Has estado muy ocupado.

–Yo no, Angela. Ha disfrutado como nunca organizándolo todo y gastando mi dinero –le dirigió una gran sonrisa–, pero yo me ocupo de la luna de miel; es una sorpresa. Tú sólo tienes que escribir una lista con tus invitados y sus números de teléfono, y Angela se ocupará de ello.

Melody se sintió culpable por haber pensado mal de la profesionalidad de Angela.

–No puedo creer que todo se haya organizado tan pronto –dijo, un tanto abrumada.

–Ayuda el que no sea fin de semana –comentó él con tono práctico mientras se dirigían hacia la salida del aeropuerto–. ¿No tendrás problemas con tu trabajo?

Melody negó con la cabeza, sintiéndose ebria de amor mientras él le rodeaba la cintura con un brazo y la apretaba contra su costado; en el otro brazo llevaba su equipaje.

–He trabajado tantas horas extra en los últimos seis meses, que me pertenecen muchos días de permiso; además, acaban de contratar a dos terapeutas más, así que no hay ningún problema.

No añadió que, cuando explicó la situación, la noticia se difundió a toda velocidad por el hospital; los últimos días habían sido una sucesión de felicitaciones y gestos de entusiasmo.

Después de que Melody preparara una deliciosa cena, pasaron el resto de la velada el uno en brazos del otro; cuando llegó el taxi para Zeke, la despedida fue difícil.

–En dos semanas ya no tendremos que despedirnos más –susurró él al besarla–. Recuerda eso, y que te amo. Más que a la vida misma.

–No tanto como te amo yo.

–Cien veces más.

La apretó contra su poderoso cuerpo por un momento, y Melody inhaló su embriagador aroma masculino. Era la mujer más afortunada del mundo, y lo sabía.

Las dos semanas siguientes estuvo tan ocupada, que Melody apenas pudo mantener los pies en la tierra. La boda de Brad y Kate llegó y se fue, y todo el mundo coincidió en que fue un gran éxito... sobre todo la perrita de Kate, la reina de la fiesta con su vestidito.

Anna le pidió por primera vez a su hija que salieran de compras, y eligieron el vestido para la madre de la novia más elegante de todo Londres, una prenda sin mangas de seda color azul claro; emocionada, Anna parecía una niña comprando su primer traje, y en su rostro se reflejaban una paz y una alegría de vivir que crecían con cada visita a la terapeuta. El tío viudo de Zeke, uno de los invitados que llegaron desde Estados Unidos, había accedido a entregar a la novia, así que se emparejaría durante la ceremonia con Anna; ella se había sentido nerviosa por ello, pero Melody detectó una nueva seguridad en su madre tras comprar su vestido.

Melody y Caroline compraron el ajuar; cuando la pelirroja afirmó que la nueva ropa interior sexy y el camisón y el salto de cama transparentes iban a volver loco a Zeke, Melody acarició la diáfana tela con mirada soñadora y se limitó a sonreír.

Tras mil y un imprevistos, la mayoría solucionados por la increíblemente eficiente Angela, que era tan buena en su trabajo como Zeke había afirmado, Melody despertó el día de la boda, un perfecto día de junio. Habían decidido que saldría de su antigua casa, ya que sabía que su madre se sentiría secretamente complacida por ello, así que Caroline y ella habían dormido allí. Melody miró a la otra chica, que aún dormía profundamente; las púas negras y rojas contrastaban con la almohada de encaje de Anna. Aquella noche sería una mujer casada; nada de esperar más, nada de separaciones. Pertenecería a Zeke, y él a ella.

El corazón empezó a latirle con fuerza, y echó un vistazo al despertador. Las seis. Era demasiado pronto para despertar a los demás, ya que la boda no era hasta las doce, pero no podía permanecer en la cama ni un segundo más. Se levantó y fue hasta la ventana abierta, y dejó que el aroma de las rosas del jardín llenara sus sentidos. Podía confiar en él, la amaba, no rompería su corazón. Fue repitiéndolo una y otra vez, pero aparecieron los nervios que no había experimentado en las últimas semanas. ¿Sería capaz de satisfacerlo, de ser suficiente para él? Deseó poder hablar con él, escuchar su voz. Tomó su móvil del bolso, se puso la bata y las zapatillas y salió silenciosamente de la habitación.

Fue hasta el viejo banco del jardín, que estaba cálido con la temprana luz del sol. Todo estaba tranquilo, incluso sereno, ¿por qué no sentía ella lo mismo en su interior? «Basta», se dijo. «Sólo son los miedos de siempre, en un último intento de estropear las cosas; no se lo permitas. Es el día de tu boda, se supone que debes estar radiante e impaciente»; y lo estaba... en parte. La otra parte de su ser se ahogaba con el latido de su corazón mientras el miedo la inundaba, el miedo a ser incapaz de conservar para siempre el amor de un hombre como Zeke; las cosas cambiaban, los sentimientos cambiaban, los hombres cambiaban...

No podía llamarlo. Miró el teléfono en su mano con la garganta encogida; había pasado las últimas dos semanas afirmando que confiaba en él, y era cierto. Pero... se meció hacia adelante y hacia atrás; su cabello rozaba sus mejillas y sus hombros. No, no podía llamarlo. Colocó el teléfono en el banco, a su lado. No debía hacerlo.

Cuando sonó la cancioncilla del móvil un segundo después de que lo soltara, su primera reacción fue preguntarse si había activado un número sin darse cuenta. Lo levantó antes de que la lógica le dijera que alguien la estaba llamando a ella.

—¿Sí? —dijo tentativamente, con la voz un poco trémula.

—¿Te he despertado?

—¿Zeke? —el alivio, el asombro de oír su voz, casi la sobrepasó; apelando a todas sus fuerzas, consiguió decir—: no, estoy despierta, sentada en el jardín.

—¿Sola?

—Sí. No... no podía dormir.

—Yo tampoco —contestó él suavemente—. Necesito decirte lo mucho que te amo, que te he amado siempre y que siempre te amaré, por toda la eternidad. Y... para pedirte perdón.

—¿Perdón? —Melody frunció el ceño.

—Por pedirte demasiado, demasiado pronto. Cariño, sé que habrá veces en que las viejas dudas volverán a surgir; sería imposible que no fuera así, ya que me amas. Lo entiendo, de verdad. Sólo te pido que no intentes resolver la situación tú sola, que hables conmigo, que me digas lo que sientes para que podamos enfrentarnos a ello juntos. No me importa si es un día o cien veces al día; pero no me excluyas, porque entonces no puedo ayudarte, no puedo protegerte de ti misma.

Melody permaneció inmóvil, sin respirar ni moverse. Él lo sabía. De algún modo, lo sabía; las siguientes palabras de Zeke lo confirmaron:

—Así que habla conmigo, amor mío, deja que te tranquilice, que te diga que eres la mujer más sexy, increíble y hermosa que jamás haya visto, que jamás veré; la única mujer que puedo imaginar como la madre de mis hijos. Habla conmigo y el miedo desaparecerá, te lo prometo. Y un día en el futuro te darás cuenta de que no has sentido miedo ni pánico, que no te has sentido perdida, en más tiempo del que puedas recordar. Y entonces sabrás que te has liberado.

—¿Cómo sabías lo que sentía? —susurró temblorosa.

—Porque eres la otra parte de mi ser —su voz sonó ronca cuando admitió—: no eres la única que sufre miedos, cariño. Una de mis pesadillas es recordar el momento en que saliste de mi vida. Me quedé allí, incapaz de moverme o de hablar, sabiendo que no podía detenerte.

—Oh, Zeke —Melody se echó a llorar; nunca imaginó que él tuviera miedo de perderla. Zeke era tan seguro de sí mismo, tan masculino—. Nunca podría volver a hacer algo así. Casi acabó conmigo la primera vez.

—Lo mismo digo —contestó él, ya con un tono más sereno—. Entonces, ¿se acabó lo de escapar a algún sitio tranquilo para intentar aclarar tus ideas, como esta mañana?

—No estabas aquí esta mañana —señaló ella en voz baja.

—Pero estaré contigo todas las mañanas por el resto de nuestras vidas. Te amo, y voy a pasar lo que me queda de vida demostrándote cuánto... empezando esta noche. En unas horas, serás mía en todos los sentidos.

—Lo sé —Melody se estremeció de deliciosa anticipación; todas sus dudas se habían desvanecido.

—Señora Russell —su tono era acariciante—. Suena bien, ¿verdad?

—Perfecto.

–Como tú, mi dulce amor. Ahora acicálate con aceites y perfumes, y haz lo que sea que hagáis las mujeres para enloquecernos a los pobres hombres.

–Nada de pobres –dijo Melody, riendo–; tú no tienes nada de pobre, Zeke Russell.

–No cuando te tengo a mi lado. Hasta luego, amor mío. No me hagas esperar demasiado, ¿de acuerdo? Mi corazón ya ha soportado bastante.

–Seré puntual, a pesar de la tradición.

–Te quiero –su voz era dulce y cálida como la miel.

–Yo también te quiero.

Melody estaba a punto de apretar el botón del móvil cuando él dijo:

–¿Aún estás ahí?

–Sí.

–Sólo quería comentarte que, al parecer, mi tío ha quedado muy impresionado con tu madre.

–¿De verdad?

Zeke y su tío, un texano alto y fornido con un rostro bronceado y una afable sonrisa, habían cenado en casa de Anna con las tres mujeres la noche anterior.

–Sí, y no es fácil que muestre interés por nadie; mi tía murió hace cinco años, y no ha tenido ni una cita, a pesar de que muchas mujeres han dejado claro su interés en él. Y podría equivocarme, pero noté también cierto brillo en los ojos de tu madre. ¿Qué te parece?

Melody contempló a un tordo que se arreglaba las plumas en un rincón del jardín; era cierto que Anna se había mostrado inusualmente animada la noche anterior, incluso coqueta.

–Oh, Zeke, eso sería maravilloso, ¿verdad? –preguntó, sonriendo.

–Aún es pronto –advirtió él–, pero tengo un buen presentimiento.

–¿No tendrás a otro familiar atractivo para Caroline?

–Eso será más complicado, tendré que trabajar en ello.

Si Zeke se ocupaba de ello, Caroline tenía asegurado un texano impresionante.

La boda se celebró en los jardines del hotel; las sillas y la tribuna estaban engalanadas con los mismos lazos y ramos color crema y rosa que adornaban el gran salón nupcial, donde esperaban mesas y sillas para doscientos invitados. Una larga arcada natural de sauce, en la que se entrelazaban mil rosas, conducía hasta la plataforma; a un lado de ella, Zeke y Brad permanecían sentados. Hileras de arreglos florales de metro y medio de altura formaban una pared exterior que rodeaba la zona. Era un espectáculo de aromas y color, y con el cielo azul y la hierba, era el marco perfecto para una boda de cuento de hadas. La música empezó a sonar.

Zeke se volvió, y nadie que viera su rostro mientras veía avanzar a su novia, escoltada del brazo por su tío, podría dudar de que aquél era un matrimonio ideal.

Melody vestía un largo traje del rosa más pálido, con pequeños cristales que ribeteaban el corpiño y el borde del velo. Llevaba un delicado ramo de capullos de rosa color crema y rosado, y Zeke pensó que parecía flotar mientras se acercaba a él. Ni siquiera vio a Caroline, que caminaba detrás con un vestido rojo que rivalizaba con su pelo y con una gran sonrisa en el rostro. Zeke sólo tenía ojos para su novia, y su novia para él, y así debía ser.

Tras la corta pero hermosa ceremonia, se sirvieron champán y fresas, y se tomaron las fotografías; hubo risas y alegría, y después todos se dirigieron al gran salón con vistas al jardín para un largo banquete. Más tarde, se apartaron las mesas para el baile y se plegaron las puertas acristaladas para que los invitados pudieran salir a los jardines y sentarse bajo el cielo estrellado.

Cuando acabó la barbacoa nocturna, Melody y Zeke se despidieron y desaparecieron en la lujosa suite nupcial, donde él la tomó en sus brazos y la besó hasta dejarla sin aliento. Se desnudaron lentamente, saboreando cada instante mientras probaban y mordisqueaban y acariciaban hasta que la voracidad de su deseo fue irrefrenable. Pero Zeke se tomó su tiempo.

–Va a ser perfecto para ti, señora Russell.

Su sonrisa dulce y posesiva la llenó de una sexy calidez mientras él la llevaba hacia la enorme cama con dosel, y Zeke empezó a mostrarle lo que podía llegar a ser el amor entre un hombre y una mujer. Mientras las manos y la lengua de él exploraban sus lugares más íntimos, la recorrió una pasión tan caliente y suave como un río de aceite perfumado, y la timidez inicial desapareció bajo la corriente de deseo que él estaba creando.

Las caricias de Zeke la tenían hechizada, y Melody respondió con todo el amor de su corazón, devolviendo cada beso y cada abrazo; la apasionada devoción del hombre por complacerla hizo posible la respuesta audaz de ella. Parecía imposible que su cuerpo pudiera contener tantas sensaciones, tantas emociones. Para cuando el cuerpo masculino descendió sobre el de Melody, ella estaba húmeda y lista para recibirlo, y el breve momento de dolor quedó olvidado en medio de la necesidad que la consumía. Zeke siguió controlando su propio deseo, avivando el de ella hasta que los llevó a un reino de éxtasis que sacudió el mundo de ambos.

Después, mientras yacían saciados el uno en brazos del otro, él le habló de la luna de miel con voz profunda mientras acariciaba con ternura la suave piel femenina.

–Un mes en nuestro propio refugio en las Montañas Azules, en Jamaica –dijo mientras apartaba acariciante el cabello de sus mejillas–. Es una casona blanca muy hermosa, con jardines llenos de flores, árboles e incluso una piscina. Mi tío la compró hace años cuando su esposa aún vivía; descubrieron que no podían tener hijos, así que persiguieron otro sueño y se escapaban a su paraíso isleño siempre que podían. Yo sólo fui una vez con mis padres hace muchos años, cuando era un niño, pero siempre lo he recordado como el lugar más perfecto del mundo.

—¿A tu tío no le importará que vayamos? —preguntó ella.

—Me lo ofreció en cuanto supo lo de la boda; creo que me considera el hijo que nunca tuvo. Siempre hemos estado unidos, pero la relación se estrechó cuando murieron mis padres. Fueron momentos difíciles, y él estuvo a mi lado.

La sombra que oscureció sus ojos por un momento se desvaneció, y Zeke sonrió.

—¿Qué te apuestas a que tu madre va a conocer el lugar antes de que acabe el año?

—¿De verdad lo crees? —murmuró Melody, acariciando su apuesto rostro mientras hablaba, maravillada de que ya no quedaran barreras entre ellos; ni emocionales, ni mentales, ni físicas.

—Por su comportamiento de hoy, no lo dudo —su sonrisa se agrandó—. Aunque causará algunas complicaciones... tu madre, mi suegra, se convertirá en nuestra tía.

—No me importa —rió ella, acariciando el musculoso pecho.

Melody respiró lentamente, enredando los dedos en los rizos hirsutos antes de dejar que descendieran por la línea de vello, pasando por su ombligo, hasta su miembro; sintió cómo se hinchaba bajo sus caricias, y los ojos de Zeke brillaron con deseo renovado.

—Lo único que me importa eres tú —continuó ella.

—Y tú a mí, mi dulce amor. Voy a conseguir que seas la mujer más feliz y satisfecha que haya habido desde el inicio de los tiempos.

Y se dispuso a demostrarle que era un hombre de palabra.

Bianca®

**Sólo la pasión podría desvelar
los secretos del pasado…**

Cuando el guapísimo Alex Sabre reconoció a Sanchia, ella dedujo que debían de haberse conocido íntimamente. Pero Sanchia tenía amnesia, su mente había decidido olvidar tres años de dolorosos recuerdos. Ahora sabía que para conocer su pasado, debía pasar algún tiempo con el rico y despiadado Alex…

Pero Alex no iba a decirle lo que necesitaba saber, ni por qué se resistía a dejarse llevar por la pasión que ambos sentían. ¿Qué había entre ellos? ¿Qué escondía él? ¿Y qué pasaría cuando Sanchia descubriera la verdad sobre el hombre del que se estaba enamorando… otra vez?

HARLEQUIN
Bianca®

Recuerdos amargos
Elizabeth Power

Recuerdos amargos

Elizabeth Power

Jazmín®

La nueva Cenicienta

Sophie Weston

Jo pensó que aquel castillo francés era el lugar perfecto para esconderse… hasta que apareció su propietario, el sarcástico reportero Patrick Burns.

Al principio Patrick pensó que la misteriosa fugitiva era una ladrona, o algo peor, pero entonces descubrió que escondía un doloroso pasado. Y pronto se dio cuenta de que no podría vivir sin aquella mujer valiente y solitaria. ¿Cómo podría un hombre que nunca había amado ganarse la confianza de una mujer a la que nunca habían amado? ¿Y si Jo se asustaba de lo que sentía y decidía huir de nuevo?

Había pasado de ser una fugitiva sin dinero… a ser la novia de un millonario

Deseo®

La última prueba
Maureen Child

Afortunadamente, los tres meses más largos de la vida de Aidan llegaban a su fin. Sólo tres semanas más y ganaría la apuesta que había hecho con sus hermanos en la cual habían prometido aguantar noventa días sin sexo. Ya saboreaba la victoria.

Pero entonces conoció a Terry Evans. Tenía la voz suave y seductora, el tipo de voz que a un hombre le gustaba oír junto a él en la cama. Era una completa tortura para Aidan tener que mirar a aquella guapísima mujer sin poder dar rienda suelta a su poder de seducción. No, aquellas tres semanas no iban a resultarle nada fáciles...

Deseaba tener a aquella mujer en la oscuridad, en su cama... tendría que darse otra ducha fría